慢慢等，好爱不怕晚

密丝飘 / 著

中信出版社 · CHINACITICPRESS · 北京 ·

图书在版编目（CIP）数据

慢慢等，好爱不怕晚/密丝飘著．—北京：中信出版社，2015.1
ISBN 978-7-5086-4703-6
I. 慢… II. ①密… III. 散文集－中国－当代 IV. I267
中国版本图书馆CIP数据核字（2014）第157155号

本书由台湾木马文化事业股份有限公司正式授权

慢慢等，好爱不怕晚

著　　者：密丝飘
策划推广：中信出版社（China CITIC Press）
出版发行：中信出版集团股份有限公司
（北京市朝阳区惠新东街甲4号富盛大厦2座　邮编　100029）
（CITIC Publishing Group）
承 印 者：三河市西华印务有限公司

开　　本：880mm×1230mm　1/32　　印　　张：6.25　　字　　数：100千字
版　　次：2015年1月第1版　　印　　次：2015年1月第1次印刷
京权图字：01-2013-8341　　广告经营许可证：京朝工商广字第8087号
书　　号：ISBN 978-7-5086-4703-6/I·545
定　　价：35.00元

代序

是否为我伤心过？

我们不是想报复，更不是想伤害谁，
只是希望证明，我们不是你不痛不痒的曾经。

在脸谱网上写了一段话，是这样子的：

有时候最难受的事，不是你被人伤害，而是你发现自己居然连反击的能力都没有。那一种“原来我的惨况不是因为倒霉，而是因为没用”的晴天霹雳，才是真正的伤害。

大家的反应好热烈，好像这段话放在工作上、感情上都十足适用，结果有个网友发信息给我，说她就是忍受不了被人伤害的冤枉，所以动手反击了，可是，更大的伤心却接踵而来。

原来她和一个男人交往半年多才发现自己是小三，而且男人从头到尾都没打算跟女友分手，她气不过，把两人半年多来交往的证据，包含照片、信件等等，通通寄给了男人的正牌女友。

“我以为他从没认真爱过我这件事已经够叫我伤心了，”她说，“后来才发现，原来让他恨我，我会更伤心。”

我看着她的信息，突然不知道说什么好。

在道理上，她没有错啊，她又不是平白无故陷害男人，而是她被骗在先。要是让偏激魔人来说，这说不定根本不算“报复”，而算是“执行正义”呢！

可是，最后伤心的，为什么还是她呢？

在恋爱里受到伤害时，我们气极了，气坏了，咬牙切齿地觉得要反击，大多数时候，我们嘴巴上讲讲却做不到，哀怨着自己的心太软；少部分时候，我们真的做到了，可是对方的痛苦却没如当初预期的让我们觉得爽快，究竟是为什么？

我想，是因为我们并不真心想报复谁吧。

很多时候，我们为了一段感情倍感痛苦、坐立不安，明明眼睛是自己的，却无法叫它不要流泪；明明脑袋长在自己脖子上，却无法叫它不要再想，我们已经焦虑到面临崩溃的临界点，但对方却仍维持着残忍的淡定。

于是我们忍不住要惹他、吼他、挑衅他、攻击他，有些人会说这种行为是“自己过得不好，就见不得人家好”，可是我们的本意，从来不是要让他痛苦啊！那些带刺的小动作，其实都只是我们拉不下脸说出口的疑问，每一次出手都是试探、每一次攻击都是质问，我们并非真心想伤害他啊，我们只是想问问他，他看见我们的伤心了吗？

甚至，他是否也这样为我们伤心过？

我们在问的是：你是否、真的、曾经、到底、有没有爱过我？

爱“过”我，是的。其实我们都很努力想当一个有风度、有理智的人，一段感情到底还有没有得救，我们心里是有数的，我们已经做好十足的心理准备，准备接受彼此之间的这段爱已经是“过去”了。我们知道结果不如当初所预期，只是想证明，就算结果不如预期，但至少过程曾经美丽，就算你现在已经不爱我，但最最起码，要曾经爱过吧？

可是当我们伤心难受时，却看见他冷静淡定的表情，当我们茶饭不思时，却看见他欢乐地和朋友在美食餐厅打卡……我们的生活全盘崩毁，而他的日子却一切如常，我们不懂，如果他真的曾经爱过我们，那为何可以对我们的痛苦无动于衷？

最近，一个学生时代曾暗恋过、好像有点儿小小暧昧但又好像没有的男孩儿突然对我放“炸弹”，我满心郁闷，竟然分不清自己究竟是舍不得那几千块，还是又被勾起了当年暗恋未果的伤心。聊着聊着，他半开玩笑地说：“结婚了就不能乱亏妹[①]了，当初我也曾经想追你耶！”突然间，我平心静气了，就好似积压多年的冤屈终于沉冤得雪、像头痛了整晚吃下的普拿疼终于开始发挥药效，我开始真的关心他的婚礼，饶有兴趣和他讨论婚纱照，觉得就只是个老朋友即将迈入人生下个阶段那么理所当然。

那一刻我终于明白，其实我可以的，其实我没那么小心眼儿，即使我曾经因为你而受伤，但只要确定你也曾经在乎过我，哪怕只是一点点，就能超度我的不甘心。

其实，我们都不是真心希望你痛苦的。

我们不是想报复，更不是想伤害谁，只是希望证明，我们不是你不痛不痒的曾经。

告诉我，你是否为我伤心过？

---

① “亏妹”，闽南语，指以语言戏弄小姑娘。——编者注

目录 contents

Chapter 

差一点儿
就幸福了

Chapter 

怎样
才算
对的人?

Chapter 3

爱要
坚持
但别
僵持

Chapter 4

原来
爱就是
认真

Chapter 1

差一点儿就幸福了

旧恋情的遗憾就像你十五岁生日没买到的那件花裙子一样，

即使你之后拥有更多更漂亮的裙子，

也填补不了那一年的失望。

思念其实很硬

我特别想念他的时候，
就是和别的人在一起的时候。

他是我生命里最无法定义的男人。好像是爱，好像又不是，我并不想挽回他，但也无法忘记他，好些年只能放任他在那里，一点儿办法也没有。

曾经我真的很气很气他，很想揪着他的衣领骂他："你到底想怎样？我喜欢你、你喜欢我，不是就好了吗？为什么还要这样闹？"

他会大吼："我是关心你，别人对你好，你还不知道！"

问题是这人的关心实在叫人招架不住，他什么都要管，我不过喊了一句手脚好冷，等我们到了昂贵的吃到饱的餐厅时，哈根达斯就摆在眼前，他却死活不让我吃；我不过和朋友出去玩儿得太晚，叫了的士回家，又是足足一个小时的“女孩子一个人坐出租车很危险，为什么这么贪玩”的训话。

火象星座的人有问题是非得当下解决不可的，他生气起来总是不管时机、地点，非得吵出个结论不可，可土象星座的人讨厌正面冲突，于是我就坐在那儿不动，非得应声时缓缓两句“我没有”、“本来就是”，他越暴跳如雷，我越慢条斯理，他用他的狂怒伤害我，我用我的冷静报复他。

我没办法变成他要的样子，即使我很迷恋他。

我猜他没有安全感。所以他需要遇到能柔软依赖他的女人，才可以感觉自己的强壮；但我也没有安全感。我只相信我自己。

第一次他离开我的时候，我太难过了，除了和别的男人在一起鬼混，把时间打发过去之外，没有别的办法。那男人带我去阿里山跨年，凌晨一点多，满天的星星，突然一颗流星划过，在那短到连一秒都不到的时间里，我什么都来不及想地许愿:“我要和‘他’再一次在一起。”

许完愿，我脸上热辣辣的，在寒流来袭的阿里山上，背上居然出了一层汗，我一直以为自己早就放弃了，可是那电光石火的刹那，本能胜于思考。

一年多以后，他打电话给我，吃了一顿饭，无法抗拒地又在一起。他还是他，我还是我，唯一的变化是以前他总是吵得你死我活，现在他却学会了冷战。

在一起大多数的时间里，他打电玩，乒乒乓乓的砍怪升级，我拿着遥控器转电视，广告的时候看着他的背影，想和他说什么，却无话可说，无时不刻都有一种荒谬的凄凉。

恋爱谈得这么辛苦，除了分手没有第二条路可以走，他大概也这么觉得吧，于是他不见了。某一天还有模有样地打电话和我说晚安，然后从此消失，好像这段时间发生的所有事情都只是一个梦，像人生里神秘消失的百慕大。

我也没再找他，找他做什么呢？明明知道是不可能的事，为什么去强求，即便过程比结果重要，还是要为了不如预期的下场难过。好吧，这样也好，分手就分手吧，没有他也死不了，至少不会有人对着我大吼大叫，至少不会有人逼我柔软一点儿，其实我也没有失去什么，不过是回到原点，我可以回去过我自己的日子了，寂寞而安全的日子。

我们无法相处。还能怎么办呢？

个性不合在年轻时是无关紧要的缺陷，男人和女人大吵，互相要挟，撂下狠话，然后一把抱住对方，狠狠靠着墙搞一场，吻痕和瘀青分不清楚，隔天仍然爱得宛如新生。

现在什么都很要紧吧，工作要紧、自己的娱乐要紧、生活圈不同要紧、个性不合要紧。那为什么要无视这么多困难而坚持在一起呢？忘了，那是唯一不要紧的，也许。

即使我后来一直怀疑，自己还能不能再对任何一个男人有像他那样的感觉。

也曾试着和别人培养感情，有些聊得来的，有些有共同人生经验的，有些把打嘴炮[①]当成是才华的。每一次都发觉，我特别想念他的时候，就是和别的人在一起的时候。

我的朋友 K 说，想念这回事，是要有个点，才会觉得原来一直都在的。

就像牙齿，不痛起来，你还真不会真真切切觉得它们存在。

那些淅淅沥沥的夜、晕晕黄黄的小夜灯、滴滴答答的时钟声。

屈身躺在一个完全不像他的人身旁，无以名状的窒息感涌将而上，才发现思念其实很苦很硬，刺刺地哽在喉头里，噬咬着你的身体，又痒又痛，只能熬它，用你的光阴、你的生命，和它对峙。

人生不如意事，十常八九，生命里就是有那么多无法圆满

---

① “打嘴炮”，闽南语，指吵架或抬扛。——编者注

的事。除了试着和这些遗憾共处共生，别无他法。

心里有一种过度干涩的痛。过去的原来只是时间而已。

原来，我仍然一直都非常非常非常地想念他。

爱的周边商品

你永远不能真正拥有他，只能拥有他的周边商品。

很难想象 KK 会在一夕之间就不红了。

KK 是我们给康凯的昵称，真不懂为什么有父母把儿子取名为“慷慨”的谐音，好像希望儿子一辈子都存不了钱似的。事实上，每个人都怀疑那到底是不是 KK 的本名，不过 KK 从来不肯把身份证拿出来证明这一点，大家老开玩笑说他肯定是要隐藏配偶栏不是空白这件事，虽然说每个人都心知肚明，不管 KK 是单身或已婚，他唯一不会改变的，就是他的花心。

KK 是个乐团的主唱。

有才华是真的，会写曲填词、弹吉他贝斯，花心也是真的，他的粉丝团简直等于他私人的后宫。

我并不特别喜欢KK的音乐，大概是因为小时候被大人逼着学了十多年的钢琴，会乐器的男人于我来说，不是那么稀罕的风景。

可是曼娜却像中邪似的迷恋着KK。

有个朋友用一段精准又刻薄的话形容这种宛若中邪的迷恋，她说："就像只该死的恶心的愚蠢的蛾子，涂了满脸粉，死命往火堆里撞去"，我私以为这段话简直是千古绝唱。曼娜的行径，大概和一只找死的蛾也差不了多少，她甩掉了已经稳定交往七年的男友，只为了KK偶尔半夜打电话给她时，能毫无困难招辆出租车，把自己送到KK的床上。

"他很花不是吗？"我曾问曼娜，"他不是跟其他女生也很暧昧？"

"都只是玩玩而已，"曼娜说，"他说，他需要那么多女人，是因为世界上九成以上的人都看不见真正有价值的东西，只看得到附加价值。"

"什么意思？"我不懂，除了不懂这段话，更加不懂为啥有些人老爱故作高深，不能用正常人的语言好好说话。直接表达自己的想法难道很难吗？开心就是开心、生气就是生气、性冲动就是性冲动，到底跟存在主义还是王尔德有什么关系？

“意思就是说，才华是看不见的东西，如果要证明他有才华，就得靠女人崇拜的眼光，所以他非得花心不可，这样他才可以真的相信自己有才华。”曼娜解释说，“你别看 KK 那样，其实他有很自卑的一面。”

“你怎么知道？”

“他跟我说的啊。”曼娜说，大概怕我再讲出更多反对的话，又补充，“所以我也不可能对他认真啊，我知道他只是玩玩而已。”

曼娜用斩钉截铁的口吻强调，一副看得很开的样子，可是我却非常怀疑，她究竟是否那么自知自己和其他女人并没什么不一样，都只是 KK 寂寞时的候补。

在这种一男对多女的“皇帝选妃式”恋爱结构中，女人的观念总是被彻底扭曲，男人大咧咧承认自己和其他女人的关系，女人将之翻译成“我是特别的，所以他对我说实话”；男人毫不掩饰自己的卑劣，女人将之翻译成“我是特别的，所以他在我面前总是不作假”……总而言之，就像偶像和粉丝永远不可能站在对等关系上一样，你永远不能真正拥有他，只能拥有他的周边商品，先是大家都能买到的 CD，再来是有签名的海报、限量的人像 T 恤，最终进化到偶像曾经使用过的东西，例如擦过汗的手帕、穿过的衣服。

当你拥有别人所没有的，你会错觉自己才是那个真正拥有他的人，可是，说穿了你所拥有的，都只不过是水中倒影，换言之，都不是真的。

虽然说最正确的爱情，是一对一公平的付出，可是只要曼娜真的开心，我一点儿异议都没有。

真正让我受不了的，是曼娜和其他女人们的“友情”。

KK 每周三固定在一间 pub（酒吧）驻唱，席间总是充满着他的红粉知己，偶尔 KK 应邀到其他场地，甚至外县市演出，他的粉丝团们通通会跟去，但涉及到现实问题、经济问题，她们就得相约同行，省车钱、省住宿费，即使互相都有看不顺眼的地方，可是，就是越来越熟，然后，分化成好几个小团体。

她们互相忌妒着、比较着，却不能真正翻脸，因为 KK 不会偏袒其中任何一个人，因为 KK 没有承认过他爱任何一个，如果有谁敢跳出来说“KK 是我的”，其他女人只会攻击她：“唷，这个女人是花痴、有幻想症，明明 KK 只把她当朋友，她还以为自己是他老婆。”

她们的聚会最后总变成“爱情周边商品”比较大会。A 女会说 KK 讨厌哪个乐团，别人问她怎么知道，她会骄傲地说“KK 亲口说的”，B 女会说 KK 的初恋情人是双鱼座，别人问她怎么晓得，她也会骄傲地说“KK 亲口告诉我的”，好像谁能拥有越多“KK 亲口说”的秘密，就表示自己越受信任，在 KK 心目中的地位超卓。她们各自拥有着 KK 的吉光片羽，想私藏却又想展示，想炫耀却又担心被窃。

我真的曾经以为 KK 会这么红下去。

人人平等只是一种虚伪的口号，世界其实一点儿都不公平，有些人天生就是好看，有些人天生就不，有些人天生歌喉好，有些人上再多音乐课程，依旧永远听不出 Do-Re-Me 的差异在哪里。KK 有才华是真的，又很会说话，注定是桃花磁场，就算有些花等不到他的浇灌而枯萎了，也会有新花为他绽放。

可是，人的衰败和地震一样毫无预警——又或者其实是有的，只是我们还未聪明到可以察觉得出来！

有天 KK 突然消失了，和 KK 同一个乐团的团员忿忿地说 KK 私底下和经纪公司接触，甚至签了个人的经纪约，罔顾他们的合作关系，为了想红没有义气、为了目标不择手段，径自宣布解团。

“幸好老天有眼，那家经纪公司根本是空壳子，他们要 KK 自己付制作费，结果唱片还没做出来就倒了，KK 的钱是借的，最后只好跑路了。”团员说。

霎时间天崩地裂。

女人们面面相觑，觉得震惊、觉得惊讶，甚至觉得羞耻——不是为KK的行为觉得羞耻，而是为过去迷恋着KK的自己。

“噢，我没有很意外啦。”A女率先说，用一种先知的口吻，“我知道他一直很想红啊，还会偷偷寄demo（唱片小样）给唱片公司，可是至少被退过一百次吧！”

然后就像是骨牌效应一样，B女立刻接口说她也知道KK一直在装模作样，其实说不在意红不红的他甚至参加过歌唱比赛，初选还被刷下来，一直坚持两人只是朋友的C女突然承认自己跟KK上过床，可是KK根本就是快枪侠，总说滥用药物是有才华的副作用的D女也插嘴，说KK曾经因此穷困以致偷窃……

我好错愕。

不是因为KK，而是因为那些女人。

KK从来都不是道德家吧？他花心、他乱丢垃圾乱弹烟蒂乱吐痰、他偶尔使用非法药物，他从没说过自己是个好人，而这些女人们不也是被他的才华而非道德吸引吗？KK或许没义气，但KK的歌还是KK的歌，KK沙哑的嗓音也依旧带有磁性啊，我甚至忍不住想，如果KK背叛朋友的结局，是就此一炮而红而非被诈骗，那这些女人还会做此反应吗？

还是就会变成“我早就知道他是个不择手段的人，可是人不为己天诛地灭”、“可是那就是他的特色”、“可是那表示他很有办法”？

她们不能接受的，到底是所爱的人不够完美，还是所爱的人不再光芒耀眼？

又或者应该要问，这到底算爱吗？

我们总是说，爱是互相扶持、爱是风雨不变，就像结婚时神父问的“你愿意守护对方，无论生老病死、成功或失败”一样，越是患难越要见真情，可是真正能做到的人却少之又少。

如果那是爱，那她们的翻脸无情无法解释，但如果那不叫爱，那她们曾经的付出算什么呢？

小道消息传来传去，我们不是不知道其中的谁曾为 KK 堕过胎，其中谁又曾为 KK 自残，还有谁将所有积蓄借给 KK……如果都做到这样的地步了，我们还要说这不叫爱，甚至说这只是好胜、只是忌妒、只是虚荣，会不会太残忍？

我们总是希望爱能单纯一点儿，最好单纯到男人和女人相遇、互相喜欢、牵手终生，就这样就好。可是世界这么复杂，男人和女人多到不可数计，为了保护自己，不得不使用心机，但你戴上面具的同时别人也戴着面具，甚至再为面具戴上面具……在忙着保护自己、破解对方、不停打嘴仗的同时，我们到底还剩下多少精力，去在意爱的本身？

后来，后宫鸟兽散，曼娜和男友复合，我再也没听过 KK 的消息。

可是，却在不同的地方、不同的场合，不断遇见更多的 KK。

有时候，KK 是一个设计师。

有时候，KK 是一个作家。

有时候，我也仰望着某一个领域中的 KK。

而我总是一边收集着他的吉光片羽，一边忍不住想，到底我是真爱他，还是沉浸在恋爱游戏之中而不自觉？也许要当有一天，他不再金光闪耀，他狠狠摔进烂泥里，我才会知道，我追逐的究竟是胜利的快感，还是他。

爱情无罪，但不无辜

你勾搭人家男人，
还不允许人家痛恨你，
面子里子都要占，
才是第三者真正恶质的部分。

一直觉得，第三者最惹人厌的地方，不是介入别人感情，而是装无辜。

第一种装无辜法是："当初我又不知道他不是单身。"

是，当初你可能真的不知道，因为男人善于说谎，或者因为你智商不佳。但即使你当初不知道，后来知道以后，难道你就放手了吗？如果没有，那就表示你"选择"继续当第三者，既然是你的选择，那你就一点儿都不无辜，不是吗？

当然，你放不了手，是因为你们已经有了感情，所以你舍不得、放不下，但如果是这样，你就没权利也没资格批评原配不放手，毕竟人家的感情年限比你长、感情付出比你久，你都放不了手，她怎么放得了手？

第二种装无辜法是：“是他主动的。”

但，就算是他主动，也要你接受，不是吗？就算你拒绝他很多次又怎样，最后你不是接受了吗？总不是每个男人主动你都 say yes（说同意）然后脱裤子吧？更何况，你有听过哪个抢匪说“那个人经过我眼前三次，我到第四次才忍不住去抢，所以我不是故意抢劫他，我无罪”的？

我承认，感情不是不可以竞争的，工作上我们争职位、连假[①]时我们争火车位、考试时我们争录取名额……本来就是一个挤上去、另一个就被挤下来，完完全全各凭本事。可是，你不承认自己抢、却指责原配留不住，你勾搭人家男人，还不允许人家痛恨你，面子里子都要占，才是真正恶质的部分。

外遇是感情失败的结果，而非感情失败的过程，要不是感情有裂痕，第三者确实插不入手。第三者最爱说“他们的感情老早就有问题了”，可是公道点吧，人家有问题那也是人家家

---

① “连假”，台湾地区为拉动内需制定的假期政策，与大陆“黄金周”相似。——编者注

里的事，就算是男人哀号“在家里得不到温暖”又如何，你难道是肉身观音，打算温暖全世界空虚寂寞冷的男人？如果不是你“要”这个男人，那么他多痛苦也不关你的事。

你会成为第三者，原因可能有三千八百万种，但最重要的一种，就是你要、你愿意、你肯。

还有你爱他。

不要再装无辜了。

劈腿，是因为分不掉

就算我不是你要的人，
但我依旧是个值得被爱的好女人。

不止一次听男人抱怨，说他们根本没有劈腿，只是上一个对象“分不掉”。

“我早就提分手，是她不肯。”他们总这么说，“可是我已经不爱她了，难道要被她拖着吗？”

不不不，当然不需要，选择伴侣是人人都有的权利，用不着至死方休。我只是忍不住想，分不掉的原因，究竟是女人死缠烂打，还是男人提分手的方法有待加强？

有些男人提分手的态度，总是很“随便”。

追求的时候他们会把你带到高级餐厅，提交往的时候他们会设计浪漫场景，可是提分手的时候，却是随时随地随口就这么喷出一句“不然分手啊”，口气随便也就算了，重点是讲出来以后，他们还不见得认真实行——因为，他们还是继续做着那些男女朋友才能做的事。

女人提了分手以后，通常就不再愿意和男人亲近，拉手不肯，更别提上床亲吻，无论是心灵还是身体都摆出十足的“我不再属于你”的架式，可是男人却完全相反，下午吵架时提了分手，晚上躺在床上手又摸进人家底裤，由不得人家误会你下午只是在说气话。

又有些男人，总把分手的原因怪在对方身上。

问他为什么要提分手，他们说“因为你太黏人”或“因为你太独立”，然后等到他劈腿，原因就变成“因为她比你懂事”或“因为她比你更需要我的照顾”，听在你的耳里，就像是分手都是你的错，因为你不够好，所以你痛苦你难过是你活该。

在这种情况下，女人怎么可能爽快分手？

分手，其实是感情问题，可是分不了手，却常常是情绪问题，甚至自尊问题。

当男人说分手的原因是因为你不够温柔，你会忍不住想：如果答应分手，是不是表示我承认自己不温柔？

当男人说分手的原因是她比较好，你会忍不住想：如果答应分手，是不是表示我承认自己输给别的女人？

不要以为女人之所以不肯爽快分手，只是输不起而已——女人的确是输不起，可是，我们输不起的，从来都不是感情，而是作为一个女人的自信。

女人何尝不知道感情不能勉强？女人何尝不知道要找一个真正懂得欣赏自己、爱自己的男人？

可是，看看女人花多少时间在做“我是一个好女人”的心理建设，看看女人花多少时间在对自己强调“我值得被爱”！若不是心里有所怀疑，又何须刻意强调呢？

女人从来都不是认不清两人感情已经走到终点的事实，更不是不认命，女人不想认的，只是男人加在我们身上的罪名。

我猜想，大多数男人在提分手的时候，心里是有“怨”的。男人怨旁人只看见被分的女人哭哭啼啼，却看不见你内心纠结万千，男人怨旁人只看见被分的女人可怜痛苦，却没想过你也不见得多快活。因为女人理所当然夺得了“被害者”的角色，但你无论如何不认为自己是加害者，所以你只好有意无意把爱情毁灭的责任推给女人，甚至，把你变心的责任也推给她。

你想表达的只是“变成这个结果也不是我愿意的”，可是，却让女人觉得你得了便宜还卖乖。

因为，你可以说她不是你要的人，却不能说她不是个好女人。

当男人有去意时，我一直都是主张迅速放手的那个人，因为我觉得无论男人女人，想挣脱一段不适合的感情，去寻找自己的幸福，并没有错。

所谓择偶，本来就是有选择的权利，而既然是“选择”，当然有选错的时候，我们和自己的脚相处了多少年，买鞋时还不是经常选错尺寸？我们和自己的身体相处了多少年，买衣服时还不是经常抵挡不住流行的诱惑，明知自己腿短，却硬要买大喇叭？至死方休的感情当然很美，可是若非得至死方休不可，那只是强迫对方领贞节牌坊而已。

可是，我们还是得对感情负起责任来。

所谓的“对感情负责任”，不是说你选定以后就抵死不能退换，而是要知道，那个人是你选的，如果结果不如预期，不是对方不够好，而是你没选好，不是对方犯了错，而是你选错了人。

最重要的，是让他明白，分手的原因，不是谁不够格，而是彼此不适合。

当分手的过程总是充满争吵、眼泪，甚至互相怪责，双方肯定都是不好过的，可是，何妨对你爱过的人多一点儿容忍、多一点儿耐心？退一万万步讲，最最起码，不要让曾经的爱人，变成仇人吧。

无法原谅，但可以释怀吗？

对于劈腿这件事，该被讨论的，从来都不是劈腿这行为值不值得被原谅，而是当事人愿不愿意再尝试啊！

因为我没有斩钉截铁地认定男人一旦出轨就只有分手一途，所以老是被朋友大惊小怪地讪笑。

说看不出我这么“传统”，居然能忍耐男人三妻四妾；

说看不出我这么“宽容”，这种事情居然也能够原谅；

说看不出我这么“痴情”，爱一个人就什么都能忍受……

总之，好像我没有咬牙切齿说出“劈腿就分手”的五字格言，就丢尽了全天下女人的脸一样。

可是我总忍不住想，能信誓旦旦说“劈腿就分手”的人，难道就真的都做到了吗？

我的朋友 Cindy（辛迪）没有。

她抓到男友和女网友暧昧，甚至玩起视频网恋，气得七窍生烟、吵得惊天动地后，还是和好了。“反正只是没见过的网友，也不能算劈腿，”她说，“就当他在看 A 片算了。”

Cindy 的朋友 Adda（阿达）有。

她逮到男人和前女友上床，二话不说就分手，可是那又怎样？她还是爱着那个男人，招架不住对方三天两头来找她，结果只是把自己变成藕断丝连的前女友二号。

说这些，不是指责女人总是雷声大雨点小，光会撂狠话，却总做不到，更不是为劈腿者辩驳。我只是忍不住觉得，当我们在讨论对与错、原谅或不原谅之前，是不是忽略一件比对错更重要的事，那就是：你们还相爱吗？

如果还爱，而且是很爱很爱，那么分手这个决定，究竟是惩罚了谁？

分手是一种长痛不如短痛的做法，像蜥蜴断尾逃生，毕竟信任一旦被破坏，要再恢复是多么困难的一件事。

不分手是一种勇气十足的做法，谁也有权利因为爱而再努力、再尝试。

我猜想很多人一听到“原谅劈腿者”这几个字，心里已经骂声连连，觉得劈腿者十恶不赦，毕竟第三者又不是路边的一坨狗屎，稍不当眼还真的会“不小心”踩到，所以劈腿根本是蓄意伤害，没什么不小心、不是故意的。

可是，对于劈腿这件事，该被讨论的，从来都不是劈腿这行为值不值得被原谅，而是当事人愿不愿意再尝试啊！

如果人家愿意、如果人家甘愿，我们在这里左一句“劈腿有一就有二”、右一句“狗改不了吃屎”，到底是在数落劈腿者，还是在为难受害者？

当然，背叛的状况有很多种，不是每一种都值得被原谅，而且我必须承认，在我听到的以及亲身经历的例子里，曾经有过背叛的恋情，终究还是分手的下场居多。

很多时候，我们愿意再给彼此一次机会的原因，就是因为爱，可是被背叛过的人总是草木皆兵，动辄大翻旧账，等待被赦免的人发现自己再怎么努力依旧是罪人，愧疚感很快消磨殆尽，如果我们没有足够的能力处理伤口，拖延只是折磨。有时候汰旧换新比较轻松，毕竟旧的感情有那么多包袱，剪不断理还乱，倒不如另辟疆土，又是一条好汉。

可是我依然相信，真正的爱，是应该具备修复能力的，只等着我们去开发、去学习。

就像我超级喜欢的作家袁琼琼曾写过的，她说:“不是‘信任那个人’，而是‘信任那个爱’，信任彼此之间的爱是真实存在的，那才有能力去包容关系中的过失和意外，也才会相信，彼此之间的爱终究要比欲望或失望更强。”

我很喜欢赵咏华唱过的一首歌《散心》，歌词里有一句是这么唱的:“我是真的爱你，才能够拥有这份力量，想证明你值得被原谅。”

说原谅，其实太苛求，但如果真的爱，如果真的觉得对方很有诚意，那么，或许我会努力释怀。

并不是给他机会，而是给彼此机会。毕竟，在愤怒、伤心的层层掩埋之下，我还是记得彼此最初的真心，以及曾经幸福的模样。

差一点儿就幸福了

旧恋情中的遗憾就像是你十五岁生日没买到的那件花裙子一样，即使你之后拥有再多更漂亮的裙子，也填补不了那一年的失望。

小汝突然找我去逛街，动用了冰在冷冻库好些时候的信用卡，花了好几千元染了今年最流行的渐变发色，最后还问我借 Nail Shop（美甲店）的 VIP（贵宾）卡。

爱美不是坏事，但对一个计划结婚、正在存房子头期款的女人来说，这些花费却显得很不寻常。我问小汝发生了什么事，她才告诉我，说“他”——当年才交往了两个多月，就因为对方去上海工作而不得不分手的男人，回来了。

“他是休假回来度假，过一阵还要过去，还是就留在台湾了？”我问。

“他说他辞职了，要回台湾重新找工作。”

“那你最好立刻跟他断绝来往。”

“为什么？”

“如果他只是回来玩，你跟他暧昧一阵，甚至打一炮都无所谓，反正你应该没三八到自己跑去跟男友坦承。”我半是认真、半是玩笑地说。“可是如果他留下来不走了，你要怎么收拾善后？下个月信用卡账单一来，你男友肯定要问你‘说好的存钱计划呢’，你要怎么解释？”

“我赚的钱他管我怎么花？”

“那好！”因为是真的好朋友，而且是她结婚我会乐于祝福而不是心痛荷包失血的那种，我忍不住直接地说：“你赚的钱他管不着，那他赚的钱你管得着吗？下个月他也花一万元烤漆，你觉得如何？然后到时头期款没着落，婚还要不要结？还是说你打算跟前男友复合，所以和这个男人有没有未来都不重要了？”

“我……我……”

她我我我我半天我不出个所以然来，无言了。

为什么？你不懂。

既然他那么在乎那个前任、那么念念不忘，那，为什么不复合？

我曾有过类似的经验。

某任男友和我约好了要看电影，可临到出门前，他却因为学生时代的恋人一通“我心情不好想找人聊聊”的求救电话，临时取消约会，放我鸽子。

我以为他是那种习惯和旧情人搞暧昧的王八,二话不说分了手后才慢慢发现，他在我之前以及之后交往过不少女朋友，可只要那个学生时代的恋人一出现，他就会忍不住抛下身边的人，第一时间赶到她的身边恭候差遣。

原来他并非我当初所想的“喜欢与旧情人搞暧昧”那么单纯，毕竟他的旧情人数目已达二位数，我也是其中之一，可拥有这样特殊待遇的，却一直唯有那一个而已。

“她到底有什么好，能让你对她这样念念不忘？”我曾经忍不住问他。

“我也说不上来……我们才交往一个多月。”他说，“当初我偷偷喜欢她喜欢了半年多，好不容易等到她跟男友分手，我才有机会表白，没想到才在一起一个多月，她男友就回头来找她了。”

“然后呢？”我很坏心，“她劈腿？”

“她一直都很坦白地告诉我，她还爱着前男友啊，”他说，“所以，他们就复合了。”

他的口气里没有怨恨，只有非常明显的遗憾，虽然他没宣之于口，可是我却听出了他满肚子“要是她前男友没回头就好了”的叹息。

原来，让人最难以放下的旧恋情，往往不是最好、最长、最深刻，或最伤心的那一段，而是最遗憾的那一段啊。

有人说那叫“得不到的最好”，可是，再怎么热爱钻石的女人，也不会因为得不到非洲之星而痛苦，人是有自知之明的，真正望尘莫及的事物，从来都不会变成折磨，唯有那种差一点点就到手的扼腕，才会变成魂萦梦牵的残念。

就像夹娃娃机的设计道理一样吧，如果不是那只娃娃永远在快要移到洞口时掉了，人们也不会着魔似的不断投币，即使心里清楚那娃娃带回家也只是沾灰尘而已，可在那当下，却像失心疯似的想要它。

原来我们应付不来的，不是分手，而是差一点儿就幸福的遗憾。

小汝还在那儿“我我我我我”个没完，其实就算她不说，我也明白她要讲什么。她没有要改变她的人生方向，她还是想嫁给现任男友，她更明白旧恋情中的遗憾就像是你十五岁生日没买到的那件花裙子一样，即使你之后拥有再多更漂亮的裙子，也填补不了那一年的失望。

可即使如此，她依旧抗拒不了那种“要去做些什么”的渴望。

我忍不住想，也许在每一个当口的遗憾，都羁押了我们一小部分的灵魂，飘荡在那个时空。小时候阿嬷会收魂，总在神明几前捻着香，喃喃念着“三魂七魄倒返来”，阿嬷说，人的魂魄若因受惊离体，没能跟着肉身回来，这个人虽然貌似无碍，实际上已经不完整了，所以得把迷失的魂魄给喊回来，才能继续正常地生活下去。

或许我们对某一些旧情人的牵念，是在喊着我们走失的魂魄吧。

怎样分手才完美？

当你已经痊愈，
那么当初到底是怎么受伤的，
就再也不重要了。

因为在《不爱为何不早说？》写过一段“分手时就别问为什么了”的话，意外收到好多关于分手的回应。

有人说她的男友一声不吭地失踪了，没有 guts（胆量）到极点，她说：“说一句分手有那么难吗？我又不会缠着他！”

有人说她的男友前一晚才提了分手，隔天开始就不接她的电话，封锁她的 MSN 和脸谱网信息，像刽子手行刑，手起刀落后就再无挽回余地，“这么久的感情，怎么可以说断就断”。

还有人说她苦苦哀求男友至少给她一个月缓冲期，可是男友答应了以后她却更痛苦，因为在那一个月之中，男友每次抱她、亲她、跟她做爱，她都会忍不住想，他到底是还爱着她，还是只是同情她？他到底是舍不得她，还是不过是利用她打发寂寞？

所以，怎么做都不对吧？

分手时狠心不对，温柔也不对，果断不对，优柔寡断不对，态度坚决等同于无情，态度不坚决只是让对方误以为还有转圜余地，通通都不对。

坏掉的爱情大概就像坏掉的食物一样，既然已是馊水，回锅再煮，依旧还是臭的。

我曾经以为，最好的分手场面是两个人坐下来好好地把话说清楚，就算感情无法继续下去了，至少两个人也曾经相爱，何必最后要弄得不欢而散？

可是后来我却发现，所谓的“好好坐下来把话说清楚”其实只是一种假象，我们是可以为了维持表面和平，不拍桌子吵架啊，每天早上在公司开会时我们不都是这样忍的吗？我们是可以为了气氛和平，说些言不由衷的话祝对方幸福啊，收到乱炸的红色炸弹时，红包袋上我们还不是祝人家百年好合？

有时候，看见别人说“想要和平分手，就要好好沟通，把话讲清楚”就觉得讽刺，要知道，两个人之所以会走到分手这一步，不就是因为极度沟通不良吗？既然如此，又怎么能奢望临到分手之际，还能依靠沟通，达成任何共识？

分手，注定是要痛的吧。

不管他是选择失踪、寄明信片，还是打电话、传信息都一样，就算他挖空心思把你带到第一次约会的地方，企图留下什么“最初也是最美好的回忆”，你还是会想叫他去吃大便。

“我不是不能接受分手的事实，只是不能接受他态度不佳或不告而别或优柔寡断……”这样的说法，其实只是一种伤心的转化，我们得先把伤心转化成愤怒才能发泄，我们得把愤怒发泄出来才能开始痊愈的过程，就像是情绪的排毒机制，不尖叫几声、不骂几句脏话，我们就会爆炸。

我想，如果有一天你能打从心里感谢他跟你分手，那绝不是因为他有能力把分手场面处理得圆融，而是因为你有能力让自己走出过去。

当你不再在乎那一段感情，那么当初怎么分手的都已无关紧要。

当你不再在乎那一个人，那么当初怎么失去的都已无须介怀。

当你已经痊愈，那么当初到底是怎么受伤的，就再也不重要了。

我没那么好，你没那么糟

或许当年我们都太骄傲，
眼睛里容不下一粒沙子，
却忘了珍珠原本也只是颗
卡进扇贝里的碎石子。

我最后一次见到小飞，是因为买智能手机，下载了通讯软件而再度联络上，两个人信息发来发去，小飞说他要下班了，叫我去找他，我说时间太晚没有地铁，他很阿莎力[①]地说："我们好久没见了，你叫车来，我付钱。"

我去了，到的时候已经晚上十一点多，他刚下班满眼血丝，我也开始犯困，最后小飞在他公司附近的 Motel（汽车旅

① "阿莎力"，闽南语，指干脆，豪爽。——编者注

馆）开了房间，我们并肩躺在床上，从当年的恋情、失联或还有联络的其他同学，一路聊到现在的近况，我这才知道他已经准备结婚，只好用刚做的水晶指甲刺他一直伸过来的手。

他问我为什么不要，“是因为我要结婚了吗？”

“你的老婆你自己都不在意了，我干吗要在意？”

“那不然呢？”

“就不想啊！”

“靠，你性冷淡！”小飞激我。

“没有感觉也不行？”我用擦过鼻涕的卫生纸丢他。“我是对你冷淡！ OK ？”

我说的是真心话。第一没有爱情，第二认识太久了也没有激情，女人毕竟不是男人，不是随时随地都能有感觉。

小飞从床上跃起，说累了一天想泡个热水澡，就自顾自地将 Motel 的圆形按摩浴缸放满了水，我端着旅馆提供的统一肉燥面，拉过椅子，坐在透明玻璃外面，有一搭没一搭地和他聊着从前。

一个小时后，他澡洗完了、我泡面吃完了、话题也聊尽了，他陪我下楼叫车，迅速将一张五百元的钞票塞进司机手里，“不用找了”。

“你发什么疯？坐到桃园都没这么贵！”我骂他。

他哈哈大笑，跟我挥了挥手，司机大概也舍不得那五百元，随即飞也似的开走，我忍不住回头，只看见他坐在便利商店前的椅子上点烟的身影。

然后车子拐了个弯，什么都看不见了。

分手近十年，我见了小飞三五次，地点不同，但状况大抵都如此。我大概理解他的心态，性之于他，像是叙旧约会里额外的赠品，有，他就顺便拿；没有，他也不在意。是可以找出八百万个罪名安在他身上，例如对婚姻不忠还是精虫冲脑之类的，不过那又怎样，我也认识很多女性朋友热爱打野球或是钓凯子，偶尔我还会帮她们掩饰串供，没道理女性友人可以，男性友人却不行。

会突然又想起这件事，是因为一篇文章，和别人讨论起能不能祝福旧情人的问题。

我很确定对他没有怨恨，其实对大部分的男伴都没有。刚闹翻时，当然一提起就咬牙切齿，可是那只是情绪。当爱情"确定"结束后——不是不得不的受迫性结束，而是自主性的、确定自己不再继续爱对方，而对方也不再爱你——感情会慢慢往心里沉淀，而情绪也会缓缓释出。

只是需要时间。

需要时间慢慢远离核心，然后以局外人的角度，而非以自己的角度，重新检视这段感情。

需要时间成长。

还需要一些机缘，去体验不同立场的无奈。

很多时候是这样的，第一次被背叛，你绝对会咬牙切齿认为“劈腿者该死”，但当之后你也背叛过别人，才知道那滋味也不见得好受；第一次面对介入者，你绝对会斩钉截铁认定对方是“蓄意伤害”，但当之后你也当过第三者，你才会明白，那当口不能自已的无奈。

不是说这些行为都是对的、能被许可的，而是，当你理解并亲身体会到你以为的“加害者”也并没有你想象的那么快意时，你那些债台高筑的恨意就像被抽去了地基，瞬间倾圮衰颓，成为恍若隔世的废墟。

王文华某篇文章里写到和旧情人的关系，他说：“也不是想挽回什么，而是用当年没有的谦卑和宽容，重新看待对方。走过一圈，我终于知道我没那么好，你没那么糟，我们都很脆弱，没有人有资格骄傲。”

或许吧，或许当年我们都太骄傲，总以为前方还有更好的人等着，一点儿小事摆不平，就认为那叫“个性不合”。眼睛里容不下一粒沙子，却忘了珍珠原本也只是颗卡进扇贝里的碎石子。可是现在说什么都太迟了，已然逝去的感情如果说还能有什么剩余的价值，从来也都不是用来凭吊怀念，而是用来吸取教训的。

我没有再见过小飞了。

Chapter ❷

怎样才算对的人？

其实你要的一点都不复杂。

80% 的温柔里，要有 20% 的霸道，

成熟的体贴里，带着一点孩子气的固执，

你不要求他什么事情都听你的，

只想要他什么时候都愿意听你说话。

一点都不难的，你曾经找到过。

只不过，他要找的人，不是你罢了。

约会的无限循环

我们只不过是想找个人来爱自己，
想在狗脸的岁月里找到能够坐下来
喘口气的地方，
为什么，这反而成为最累人的事？

“一起去看电影吧。”刚认识的男孩说，“最近有部片子蛮不错的。”

其实我一点儿也不喜欢去电影院，总觉得天光光时进去，出来时已经天黑黑，时间都不知道哪去了，而且我又不高，经常性地被前方的脑袋挡住视线，再说 DVD 到处有得租，电影又不像衣服会过季，早三个月还是晚三个月看，似乎也没什么差别。

我有一千一百万个不想看电影的理由，可是最后，我还是无可无不可地“嗯”了一声，点开他从MSN上传来的官方网页，跳跃式地翻过剧情大纲、男女主角，好为接下来的谈话找些话题。

初次约会，除了看电影，还能做什么呢？

喝咖啡吗？不好，万一话题干了，太尴尬。

逛街吗？也不好，换上新衣服搔首弄姿问刚认识的男人好不好看，太三八。

看电影，实在是最安全的约会节目。《倾城之恋》里，范柳原和白流苏的妹妹相亲，先带去了电影院，“把人家搁个两三个钟，脸上出了油，胭脂花粉褪了色，他可以看得亲切些”，现代的化妆品持久力没那么差了，但无论如何，看电影仍然是最不费力的约会方式，可以理直气壮地沉默，即使打瞌睡，也是“电影太无聊”而非“和这个人约会真无趣”……我胡思乱想着，忽而察觉，自己频繁进出电影院的日子，都是有男友的时候。

尤其，是恋情寿命将尽、只苟延残喘拖着最后一口气之际。真正在热恋时，我们只想和对方腻在一起，根本不在意约会的内容，不在乎吃路边摊还是餐厅，不在乎假日去郊游还是唱KTV，整个周末都在家也不觉得浪费光阴，整天不吃饭在床上纠缠也没关系。在那个时候，看电影是一种浪费时间的行为，我们有那么多话要和彼此分享，恨不得把过去他来不及参与的人生都说与他知晓，哪有时间去看别人的故事？

我们宁愿在家里看DVD，女人坐在男人的腿上，男人从背后环绕着女人，时不时转头交换亲吻……没有什么电影比得过对方吸引，真正的大千世界全在对方深邃的瞳仁里，我们无须找事做，看着对方、黏着对方，就是我们唯一要做的事。

可是好景不长，这样甜蜜的生活，至多只有半年。

他开始在约会时频频看表，心系着家里挂网的在线游戏；你不关心他和公司同事的战争，只关心甄嬛和皇后最后鹿死谁手；面对面坐在餐厅，讨论完“想吃什么”之后就相对无语，最后，两个人各自玩各自的手机。

如果对方还有使你心悸的能力，多半不是他的笑容或言语使你为之心动，而是察觉他出轨的蛛丝马迹时的胆颤心惊。最最尤其，是害怕约会时看见他脸上百无聊赖的不耐烦，即使他的躯体就在你触手可及之处，他的灵魂却神游到你猜都猜不着的远方。

于是你生气、你懊恼，你指责对方“变了”，可是你却不敢反问，自己难道真的始终如一？

于是，我们只好看电影。

花一个小时排队等进场、花两个小时看电影、再花两个小时吃饭、有一搭没一搭地讨论卡司[①]、剧情、爆破场面，和男女主角的演技，最后，在他家或你家或汽车旅馆做爱，权充当天约会的 Happy Ending（欢乐收场）。

当朋友问起你的恋情，你说“前几天才和男友一起去看电影”，然后像交卷似的松了口气，约会不再令人期待，只是还愿意经营这段感情的证明——是的，经营，多么令人疲惫的两个字，我们只不过是想找个人来爱自己，想在狗脸的岁月里找到能够坐下来喘口气的地方，为什么，这反而成为最累人的事？

我们找工作、找认同、找健康、找房子、找自己，然后在茫茫人海里，终于找到了对方，为什么不是就直接跳入欢乐大结局，而是开始更多找的轮回，找共同话题、找共同目标、找相爱的证据？

我想起一对我认识五年、结婚六年的朋友，至今他们几乎每个假日都仍和彼此在一起，两人都是彻底的职业棒球赛迷，支持的还是同一队，每次看完比赛，同仇敌忾地痛骂另一队，同声惋惜在三垒被接杀的那一球，一整晚都不怕相对无语，畅销杂志里的“一百种约会吸睛穿搭”比不上球队签名的纪念 T 恤，“一百种约会惊喜”比不上飞入观众席的全垒打。

---

① “卡司”，英文 cast 音译，指演员阵容。——编者注

那是他们的小世界，别人无法入侵也无法理解，我相信即使再过二十年，他们仍然会那么幸福，除了他们懂得珍惜之外，更重要的，是他们拥有令人忌妒的幸运——在茫茫人海里，要找到志趣如此相投的伴侣，是多么多么、多么多么的不容易！

有时候，你以为遇到和你一样热爱音乐的伴侣，最后却发现，你的 CD 柜里，有土屋安娜、中岛美嘉和幸田来未，而他的 iPod 里，全是 Linkin Park（林肯公园）、Usher（亚瑟小子）和 Justin（贾斯汀）。你们俩语言不通。

有时候，你以为找到和你一样热爱美食的伴侣，最后却发现，你喜欢的是坐在窗明几净的餐厅里小口慢嚼 Pasta（意大利美食）配红酒，他喜欢的却是寻找某小巷弄里客人老板都汗如雨下的刀削牛肉面。于是他骂你真凯子假雅痞，你骂他神经病。

更多时候，你只喜欢女人的玩意儿，逛街、化妆、言情小说，他只喜欢男人的玩意，CS（反恐精英）、改车、AV 女优，你们之间最大的共同点，不过是同样渴望爱情。

可是，恋爱这回事，却并不是非要和对方才可以的。

所以，还是看电影吧。

所以，我们也只能看电影。

至少超人之后还有蜘蛛人，蜘蛛人之后还有变形金刚，至少罗密欧与朱丽叶之后还有杰克和罗丝，泰坦尼克号沉没后，还有暮光之城。

“那就这星期六下午见喽！”

男人最后一个信息发过来，小绿人变成灰色，kkbox（播放软件）里，陈奕迅的《爱情转移》正唱到“感情需要人接班，接近换来期望，期望带来失望的恶性循环”。我关掉电脑，房间里只剩冷气运转时沉闷的低频，第一次约会都还没开始，但不知为何，却有种提不起劲来的感伤。

又不是非要你的爱

世界上没有谁非要谁不可，
我们却都希望，成为对方最想要的人。

和八年级生[①]去唱歌，简直像走进了异次元世界。他们不知道王菲就是王靖雯，以为张宇只是歌唱比赛评审。我点了一首《心动》，前奏一下，刚满十九岁的小寿星兴奋叫着“我好喜欢这首歌”、“这首歌好好听”，我都还来不及欣慰，她就转头问我：“这首歌是谁唱的啊？张爱玲？不是，张艾嘉？还是星光大道那个评审黄韵玲？”

---

① “八年级生”相当于“90 后”。——编者注

“都不是。”张爱玲咧，我在心里大叹气，年龄的代沟果然深过马里亚纳海沟啊。“是林晓培唱的啦！”

八年级生对林晓培的印象可能是《海角七号》里的饭店清洁工吧？可是在我的年代，林晓培可是第一张唱片就大红的歌手，那时候我的男朋友多喜欢她那首《烦》，总是动不动就“烦啊烦啊我烦啊”地唱。

女生有许多奇怪的别扭，其中之一就是表面上对男友的喜好不屑一顾，满口“无聊”、“白痴”的批评，私下却研究得透彻至极。我整整存了两星期零用钱，加上午餐都吃面包省下的餐费，毫不迟疑地冲到唱片行，将林晓培的两张专辑都买了下来。

“你买了她的新唱片噢？”他发现我夹在作业本里的歌词，问：“好听吗？”

“好听啊。”我说，“尤其是第三首。”

“第三首是哪一首？”他问。

“就《又不是非要你的爱》啊。”我说，“歌名就是我对你的感觉。”

他“喔”了一声，没再说话，不像平常小斗嘴时，会发出“ㄘˊㄟ[①]”或说“最好是”来反驳我。那天放学的路上，我们

① 注音拼音，“切”。——编者注

一样在公交车上笑笑闹闹，一样在麦当劳点了薯条跟饮料，什么都一切如常，直到要分开前，他突然对我说："你为什么老要讲这种话，我听了很不舒服。"

这次，"喔"了一声讲不出话来的，是我。

其实，类似的话我讲过不下数百遍，真正生气争吵的时候，更过分更伤人的话，也不是没有，可是他向来的反应，不是说尽好话哄我，就是用"你很烦"、"你闹够了没有"来敷衍打发，好像无论我说什么，他都全然不痛不痒。

恋爱谈到恨不得对方被万箭穿心才觉得爽，简直是莫名其妙的一件事，可是当时我想不到那么深，更何况，其实我也不是真心希望他受伤痛苦，只是希望证明他也会像我为他伤神那样为我伤心，进而确认他的在乎而已。

那一回我铺了老半天的梗，终于在意料之中击中他，心里的得意，真的不是一点点而已。

可是，在得意之余，又有那么一丝丝的惊恐。

当时我并不明白那是为什么，直到很久很久之后，我才厘清那种矛盾的心情——就像吵架时喜欢用"分手"做威胁的人一样，你希望他把你的话当一回事，却更害怕他真当一回事。我不希望他认为我非要他不可，那会让他太得意太张狂了，可是，我又害怕他认为我没有他也无所谓，那样，他就可以顺理成章地放弃我。

恋爱最珍贵也最独特之处，不就是因为那个“非谁不可”的独特性吗？

可是，我们总是脱口而出这样的话：“你有什么了不起”、“离开你我也可以过得很好”，或者“我不是非要你不可”。

的确，世界上没有谁非要谁不可，可是，在我们说出这样的话的当下，心里真正的渴望，不都是希望得到对方吗？就算没有“非要”，但，却非常“想要”啊！

为什么，我们那么害怕让对方知道自己的在乎？

我相信，每段恋爱的最初，我们都是希望成功的。

所谓成功，就是我爱你、你也爱我，两个人互相为对方付出。可是，爱情总会悄悄变质，成功的定义，从“互相深爱”变成“被爱”，因为爱得多的人比较辛苦，所以，我们努力让自己爱得少，努力让自己“没有对方也可以”。如果不成功，挣扎当然痛苦，如果成功，却也不快乐，当你没有他也无所谓的时候，他是不能再伤害你了，可是，他也不再有带给你快乐幸福的能力了吧？

很多人认为谈恋爱“认真的人就输了”，我觉得这简直是莫名其妙的一种说法。难道花时间去谈一段不认真的恋爱，才是赢家吗？如果恋爱大部分的时间都不是在“努力爱对方”而是“努力不爱对方”，那么，又何必恋爱？

可是可是可是可是，即使如此明白这一点，在面对认真不一定有回报的风险时，忍不住地，我还是经常却步。

失败的恋情都是练习题，我学着极力避免再说出这样的话，明明很爱却满口说不爱的人，就像在超市会遇到的那种欧巴桑，一边说“这也没什么”，一边却拼命将试吃的食物往嘴里塞，信誓旦旦说着一个瞎子都看得分明的谎言，却自以为天衣无缝的嘴脸，没有比这更丢人的洋相。

可是，这样终究是不够的。

不在受伤时说出“又不是非要你不可”这样的谎话，只是最基本的要求，真正要学会的，是在不确定时，仍然有说出“我就是非要你不可”这句实话的勇气。

很困难很困难，但还需要学习，以及练习。

毕竟，总要先学会不逞强，才能真正开始变坚强。

什么都要管的女人

他说：“我知道你都是为我好。”
是，我以为那样是为他好，
可是那几年，我们都过得并不好。

苏小姐说：“算算我也在他身上耗费了十年光阴了，他要是敢不上进，我就扁死他！”

我反复咀嚼这句话，突然觉得是一种诡异的黑色幽默。

苏小姐拥有非常强大的母性，她的爱就是关心，表现关心的方法就是替对方设想。从大学时代，她就开始替她男友做未来规划，毕业该做些什么工作、一年该存多少钱、服兵役最好先考预官——一个女孩子比男生更清楚兵役的小细节，简直不可思议。

她常常抱怨，她男友什么都无所谓的样子，任何事都要她来操心，但事实上，那男生我见过几次，每一次给我留下的印象，就是他的一脸无奈。

有次我们一块儿吃饭，在一家卖日式定食的连锁店，男生想点芝士猪排定食，可苏小姐立刻一句话给打了回票："上次你们公司健康检查，不是说你体脂太高吗？不要吃这个！你点鲭鱼定食吧！"

男生可能不爱吃鱼吧，咕哝了两句，似乎不大满意，她立刻把菜单放下，背一挺，摆出一副"我告诉你为什么要选这个，我一定要告诉你这个道理"的架势，话才起个头，男生就妥协了："好好好，就点这个。"

我在一旁看，说实在的并不羡慕这种爱情，一个听话的男友，可能是许多女人的梦想，可是，那不是像妈妈在管儿子吗？

我觉得那样不快乐，可是人家的恋情持续至今，将近十年了。

很年轻的时候，我也曾经努力管过男朋友，依照我对未来蓝图里老公的想象，去修整现任男人的形象，经常大吵接着小吵，火拼之后冷战。整整三年之后，我放弃他、他放弃我，我们黯然分手。

隔了好几年再见面，谈到当初那些筋疲力尽的过程，他说：

“我知道你都是为我好。”是，我以为那样是为他好，可是那几年，我们都过得并不好。

后来我不大管男友了，喜欢做什么就去做。

可是有个男友语重心长地告诉我，他喜欢女生管他，相同地，他也喜欢管他的女朋友。他最常对我说的一句话是“早点睡觉”，但想当然是夜猫子的我完全做不到，于是下场就是吵架。

我讨厌吵架，所以他问我“要睡了没”，我一定回答“差不多了”，半夜过十二点我就封锁他的 MSN，假装自己正在睡觉。

我只尝试过管他一次。他有台改装的摩托车，看起来像重机（重型摩托车），但其实还是白色大牌那种，他骑着上下班，每天飙过环河快速道路。一次傍晚下大雨，和他同行的同事滑倒，他眉飞色舞地对我说他是怎么在时速近百的同时，惊险拐弯，绕过滑倒的同事，最后还补充叙述那位面部朝下跌倒的同事伤口是如何凄惨。

“很危险。”我说，知道他对他自己的驾车技术非常得意，因此格外斟酌字句，不想扫他的兴。“可以的话，骑慢一点。”

“你怕我受伤喔。”他的语调顿时放得很轻很柔。“其实我也没什么娱乐，就喜欢飙车……”

然后我就住嘴了。

那“管”字原来是这样解释的。喜欢被管，不表示会听话，我可以凶一点，然后两个人就吵架，但一定会和好，因为他感受到非常强烈的关心和爱。

可是我觉得那样好累。我并不想和他吵架。

所以后来他给了我那种我一直想要的平静，很和平地分手。

不管是在网络上、朋友圈里，甚至在自助餐吃饭时，都可以听见不同的男人在抱怨，他们讨厌女生管东管西，讨厌女生乱吃飞醋，讨厌女生查勤。

不过很诡异的是，我知道的长久恋情里，这些竟都是必要存在因素。

就像苏小姐那种管老公像管儿子的恋情，竟然也持续十年，即将结婚了。也许，上帝也知道管别人是多么累的一件事，最终修得正果，是老天因应这份辛劳而给予的赏赐。

一个男生朋友说，女人管男人，应该张弛有度，像黄蓉待郭靖那样，把他教聪明了、把他训练成顶天立地的男子汉了，就信任他、尊重他，把一切交给他处理。

我猜他的意思是，女人管男人，应该要出自于关心而非控制欲，是希望他更好，而不是打从心底贬低他，觉得他什么都做不好。

太难了。

什么都不管的女人

真正的信任是尊重，尊重对方有“保有秘密不和你分享”的权利。

心里充满很多辩解，嘴巴张开，又闭上，又张开，终究又合上。几秒钟之后，心里想，好吧，既然这不是你要的爱，那就 let it go（让它逝去吧），你说你不想在一起了，我就放你走，还祝你幸福，我想不出还有什么比这更体贴的事。

谁知体贴非但没有奖励，反倒获得一句“看吧你真的不在乎”的回马枪，如果我曾经掉过眼泪，说真的，受冤屈的成分远远大过于其他。

对于这种不大喜欢“管”人的作风，有人非常刻薄地丢下一句:“真适合当‘红粉知己’。”

和一个“可能成为男朋友的”对象在一起，交往过程总是充满神秘不安的臆测，他牵你的手，是一时兴起还是承诺动作？他说和朋友吃饭，是男性朋友还是女性朋友？他提起以前的恋情，是随口闲聊还是别具暗示？

你忍不住要猜、要想，一天花上好几个小时辗转思量，慢动作在脑海里播放相处的细节，宛如鉴识员般分析他每一句话、每一个动作，分析对了觉得窃喜，分析错了觉得失落，心情起伏上上下下，觉得自己越来越在乎他，甚至为了他感到难受——当你为了他痛苦时，你就会错觉自己有所付出，进而希望回报——这根本是爱情的障眼法，我们经常会在一段爱情结束之后，错愕地不明白自己当初是否被鬼遮了眼，大概就是因为这种障眼法吧。

而和“已经有女朋友”的对象来往就不同了，前提是，你并不想取而代之。

某人是那种典型的出轨男人，有个很爱他、更爱管他的女朋友，他很干脆地承认:他并不那么爱她、他觉得她很烦，但，这样的女人让他觉得安全，而且，他喜欢被在乎的感觉。

他经常挂在嘴上的话是:“我要去接她……”、“我要和她去……”、“这通电话是她打来的……”，口气和说今天天气很好、昨天吃了乌龙面没啥不同，“她”的存在仅仅是一种现象，与我无涉，某人之所以讲出来，也不是为了引发我的忌妒或猜测，纯粹只是分享彼此的生活，而“她”占据他生活很大一部分，如此而已。

免不了还是有人要讲，你之所以不忌妒是因为你对那男人没有感情。狗屎，我何必在不喜欢的人身上浪费时间?

也有人是另外一种讲法，觉得男人只是沉醉在不需要负责的暧昧里，我以为的“感情”只是自我幻想。

可是不管这份感情究竟存在或不存在，我必须老实说，他给我的，是一份在恋爱中很难拥有的自在。

名分这玩意儿带给人“立场”和“责任”，你得到要求对方该如何做的立场，也得到连带分量的责任，因为你们是彼此的伴侣，所以得陪对方过生日、得陪对方过情人节、得接对方每通电话……难免有很多时候，是人在心却不在的。

没有名分自然就不同了，某人出现，是因为他今天想跟我在一起，某人和我聊天，是因为他有想与我分享的感受。他不必应付我，我也不想被应付，他不喜欢逛街，我找别人去，我不喜欢应酬，他有台面上的女朋友。

柯裕棻有篇小说的女主角叫橘子，她对男主角的态度是“我不想知道他和别人的事。他在的时候心也要在，他不在的时候不关我的事”。我一直记着这段话，也经历过这样的感情，那感觉像是在异国度假，即使心里知道最后终究要回到常规生活中，但最起码人在国外的时候，可以把一切抛诸脑后。

大概就是因为鞭长莫及，想管也管不了，才获得了全然的轻松吧。

有次看某女明星接受杂志采访，说到她和老公的相处模式，她说，他们住在两户相邻的公寓，中间打了一道门，甜蜜的时候这门是不关的，吵架的时候只要砰的一声甩上门，就能各自为政。

我私自以为那道门是尊重的学问：即使我们再怎么要好，也别忘记了，我们毕竟是两个独立的个体。

信任不是去逼问对方“你跟谁谁谁是什么关系”，然后相信对方“只是朋友”的说辞，那太刻意了。真正的信任是尊重，尊重对方有“保有秘密不和你分享”的权利，只是这样的尊重唯有在相信对方不会伤害你的前提下才有可能真正成立，或者说，相信对方伤害不了你，因为你的价值并不由对方的爱堆砌。

当爱情变成一种借由别人的爱来证明自己价值的行为，可想而知是不会快乐的。

桃花荒

许多桃花旺的女生，
都有着非常奇异的逻辑。

一直很羡慕那种天生带桃花的女生。

倒不是说我想一次和十个人恋爱，或是有满口袋的好人卡待发，更不是想要从追求者身上捞些什么好处这么恶质，我羡慕她们的原因，说起来十分简单，那就是——她们的日子实在过得太惬意了啊！

她们买东西会自动获得折扣，她们想要试用包永远比别人容易，连去吃阳春面，老板都会送她免费卤蛋！

当然，那些都不是什么稀罕东西，可是人就是这样，当你状态良好、心智坚强的时候，你的理智会告诉你“人就是要脚踏实地，整天想着占小便宜或利用他人的感情得到好处，是下等人的作为”；但在你状态不佳、极需帮助的时候，累积多年的不甘怨就会一股脑儿地爆发，觉得自己又不比别人差，为什么却连这种不怎么稀罕的好处都得不到，只得到认识多年的男性朋友突然告诉你：“其实我当年很喜欢你，但是你太 ×× 了”。

×× 是怎样？

甲男说：“你总是不苟言笑，我以为你讨厌我。”

我心想，我又不是花痴，跟你不熟还对着你猛笑？

乙男说：“我每次问你心情怎样，你都说很好，我以为你很享受单身生活。”

我心想，所以我应该逢人就哭，说我孤单、寂寞、冷得要死才对？

丙男说：“当时你坚持不让我请客，我以为你不喜欢我。”

我心想，靠，你们男人不是都说女生不该把男人当提款机吗？啥时恋爱法则又多了一条公式，不给请等于不给追？

还有更多的以为、以为、以为……听着都让人生气，不禁想反讽他们，就是他们第一眼的“以为”往往错得离谱，才会一天到晚被那种“我只是把你当朋友，谁知道你误会”的女人耍。

所以说，比起脸臭或脾气太冲之类的，或许这才是缺乏桃花的人最大的问题——没法对不感兴趣的人摆出笑脸。

因为我发现，许多桃花旺的女生，都有着非常奇异的逻辑。

例如追求者说“反正我在家也无聊”，她们就相信了，好像地球上没有电视、电脑、视听娱乐，无聊到只能帮别人搬家。

例如追求者说“反正我顺路”，她们就相信了，完全忽略内湖跟五股根本是反方向，还有油价已经涨到一公升台币三十六块八。

那是一个愿打、一个愿挨的事，我们这些外人若多嘴说一句“不想回报就不该接受他人好意”，还不仅落得多管闲事的罪名而已，更令你百口莫辩的罪名是：你忌妒。

我忌妒吗？至少，有那么一点儿羡慕吧？

也不是不曾努力灌溉过我那棵枯萎的桃花树，许多年前，我曾在晚上十一点多疯狂想吃麦当劳，一个追求者非常好意地说，他要帮我送过来。

男人在追求女人时效率惊人，不到半小时门铃就响，他准确无误地带来两份三号餐——一份是他自己的。

我要怎么办？赶他一个人去坐在公园独自野餐吗？

不不不，桃花旺的女生是不会那么做的，她们永远能和男人孤男寡女共处一室再掩嘴笑说“我们只是好朋友”。所以我放他进门，一块儿看电视吃宵夜，谁知一个半小时过去，他仍没有离开的意思，累得我只得绞尽脑汁，终于想出一个不得罪人的理由将他请出了我家。

然后隔天晚上十点半，他突然打电话给我，问："你今天想吃什么宵夜？"

桃花旺的女生大概会毫不迟疑地点菜吧，从简单易入手的卤味、咸酥鸡，慢慢演化成困难版的十八王公肉粽还有士林夜市的鸡排，可是我一想到还要跟这个人一块儿吃饭，就烦得要命。我不是讨厌他，只是对他没兴趣，一块儿吃饭却一句话不说也太尴尬，只好想方设法找话题，一顿饭吃得这么不消化，还不如我认命点自己出去买。

所以，有些人能够桃花朵朵开，确实是有着什么我没有的优点吧？也许是"和不感兴趣的男人聊天也不嫌烦"的技能，也许是"拒绝别人告白也不怕尴尬"的本事，说到底，终归是我技不如人，活该没有那种命。

于是乎只能自我安慰啦。

就像我有个每次看到女明星失恋，就会跟我说"可见长得美也没用"的朋友一样，再看看那些追求者一卡车的女孩儿，真的过得比我们痛快吗？似乎也没有。也许真正的幸福，不是拥有一整片广阔的树林，而是一棵由你亲手栽种在心田的小树，你为它浇水为它除虫，看着它一天天茁壮。

虽然心里还是有个小小的声音，偶尔会反叛地质问着：真的吗？是这样吗？

那时候，也就只能朝天狂吼回去：反正不管怎样，也就只能这样了。

有没有不要心机的恋爱？

让他觉得你眼里的他，
比他本身还要好，
然后你就成为了他在
这世上唯一的知己。

皮克最爱对我说的一句话是：你为什么不叫我去接你？

为什么？呃，老实说当我第一次听到时，着实微微傻眼。又不是十七八岁的孩子，没事就来个温馨接送情，如果是一起出门约会，男方管接管送还可以说是绅士风度，虽然说男女平等，没有谁该对谁负责，可是听男人讲出“既然是我约你，我就有责任要让你安全回家”这样的话，我承认自己还是有一些残存的小女人心态，心里觉得甜蜜蜜的。

可是我们又不住在一起，我和姊妹淘聚会，结束后是回自己的家，他的职业又不是出租车司机，谈恋爱总不是吃套餐，包山包海还包租车吧？

可是，他还是总爱时不时地说：“你为什么不叫我去接你？”

信不信，这话多听几次，我还当真不好意思起来，感觉自己铁石心肠，人家一片好心我居然不领情，老是拒绝别人的付出，不是客气而是斤斤计较，因为不想回报的缘故。

于是有一回我和朋友聚会晚了，我真的拨了电话，问他可不可以来接我。

“那个……已经没有地铁了耶，你可不可以来接我？”我说。

“那你不会坐出租车？”他劈头第一句话这么说，“你不知道开车很累吗？”

我傻眼了几秒钟，然后，一股气冲上来，我不爽，非、常、不、爽。

我从来没觉得男友等于免费司机，我可以体谅他可能正想睡、正在忙、正在看电视、正在玩电脑，那也就是我从没打电话叫他来接我的原因。可是，是他总爱把“你为什么不叫我去接你”挂在嘴上说，难不成他以为我稀罕？

“所以你老是说要来接我，都是屁就对了？”我讥讽他。

“你自己出去玩为什么不注意时间？明知道地铁开到

十二点……”

我没耐烦听他唠叨，挂了电话叫了出租车回家，狠狠跟他冷战好几天。后来他一提到这回事就说我小气，“不过是一次没接就生气”，可是我生气的才不是这个，我感觉自己像中了圈套。

打个比方来说，那感觉就像一个热情如火的朋友，成天见到你就念叨“怎么不来我家玩”、“难道是嫌我家太小不肯赏光”，等你拗不过他的盛情难却，不远千里地去了，他却立刻关门放狗，还告你私闯民宅。

难道这是一个陷阱，布了老半天的局，就是为了让我难堪？

我和皮克交往没多久，就因为其他的小事拌嘴而宣告完蛋大吉，其他事倒也没什么，唯独这事我耿耿于怀，直到今天都还有一种被耍了的感觉，讲给一个朋友听，他哈哈大笑，说：“人就是喜欢被需要的感觉啊。”

“我那天确实是需要他来接我啊，但我完全看不出来他喜欢。”我还是恼怒。

“所以我说，人喜欢的是被需要的‘感觉’。”他强调最后那两个字。“如果你有需要，他就得使命必达的话，那就变成责任了，感觉让人快乐，责任让人厌烦，你不懂吗？”

“那所以，当时我就不该把那句话当真？”

“教你个乖。”朋友一副施恩不望报的样子，“你应该要自己回家，然后告诉他，你本来想要叫他来接你，但是又担心他正在睡、正在忙，所以不想吵他。他想当英雄，你却给他出了个他不能解决的难题，戳破了他的英雄梦，点出了他的无能，他当然恼羞成怒啊。”

“……我为什么要这么牺牲，自导自演，只为了成全他当英雄的幻想？”

“当你哄得他开心了，他越来越爱你、越来越怕失去你，总有一天，会把所有的潜力都拿出来对你好。”朋友正色说，“这是心理战。”

好吧，我懂了。

忘记是哪本小说里写到一个企业家与小捞女的恋爱故事，有钱企业家在周一时带着小捞女到高级法国餐厅吃饭，香槟鱼子酱一应不缺，小捞女还在炖饭佐佩里戈黑松露酱中，吃出一条碎钻手串。

企业家眯眯笑着，等待小捞女惊喜的神情，没想到小捞女嘴一扁，说：“昨天你带老婆去度假了吧？难怪今天才想到用这种小玩意儿打发我。”

小说的作者说，这就叫“假吃醋真发嗲”。女人要真在乎男人和别的女人之间的事，老早就当场闹翻了，抓奸查勤闹得鸡犬不宁，一小时发三十条短信去吵闹，哪还能忍到隔天才来吃味？等到事过境迁才来说些酸溜溜的言语，那是翻着花样儿在对男人甜言蜜语，打情骂俏，让男人知道你在乎，好满足他的自尊。

当你想让一个人爱上你，或者保守一点儿说，当你想让一个人欣赏你，最有效的速成方法，是满足他的自尊和自信。

让他觉得他在你心里很厉害、很强壮。

让他觉得你慧眼识英雄，看到了他的潜能。

让他觉得你眼里的他比他本身还要好，然后你就成为了他在这世上唯一的知己。

只是，哎，谈恋爱不就是要真心吗？

我忍不住想问：难道，都没有不用耍心机的恋爱？

纯友谊

年轻时只在意自己『想要』什么，
年纪大了才开始思索自己『需要』什么。

两性间所谓的纯友谊，广义和狭义之间的距离，大概有富贵角灯塔到鹅銮鼻灯塔那么远。

最广义的定义，当然是指两个人没发生性关系。

而最狭义的定义，就有很多规范了，一点点喜欢不行、一点点暧昧不行、一点点帮助（或利用）也不行……这最常见于情侣吵架，女人怀疑男人跟另一个女人有暧昧，男人大呼冤枉："我跟她又没有怎么样"，而女人总说："有怎样就来不及了"。

可是，不管是狭义还是广义，异性之间的友谊，就是不可能跟同性一样。

很年轻的时候我曾经觉得，真正百分之百像鲜榨纯果汁那样纯的异性纯友谊，是应该跟同性一样纯的。

譬如要可以单独共处一室而不想歪、譬如要可以共度一晚而不逾矩……可是最后却会发觉，行动上要做到不难，因为我们都有理智，心理上要做到却不容易，因为我们都怕寂寞。

你会和什么样的男孩子单独出门？最起码要不讨厌吧，最起码万一他拉了你的手，你不会恶心想吐吧？

跟同性朋友出门，你才不会思考这些，跟异性朋友出门，你总不免多想，同性间的友谊和异性间的友谊永远不可能一样，要用同一套标准去套，注定是不通的。

我有个朋友说，她在年纪小时，不管认识什么男人，都先在心里严格审查一番，如果对方的年纪、长相、个性等条件不符合她的择偶标准，再归入“纯友谊”范围。而现在则完全相反，认识的所有男人都先归入“纯友谊”范围，等到哪天她需要帮助、感觉孤单、觉得身边没有伴实在不行，就打开脑袋里的“纯友谊”资料夹，搜索有没有适合的对象。

她说，这差别在于年轻时只在意自己“想要”什么，年纪大了才开始思索自己“需要”什么。

至于我自己对“纯友谊”的定义，也和以前不一样。

以前在意的是形式上的证明，包含有没有肢体碰触、有没有暧昧言语，甚至见面或通话的次数，而现在则全是自由心证。

有些人，你和他嘻嘻哈哈、过马路时手挽手、整天开玩笑说四十岁还没嫁娶就去公证，可是你心里知道，你对他的感情，不会比朋友更多，那些亲密只因无聊，无关心动。

而另外有些人，你和他说话时态度非常正经，八百年讲不到一次话，甚至你都不在他换电话时的头一波 update（更新）名单上，可是你知道那不叫纯友谊，你喜欢他、仰慕他，只不过是因为种种原因，你们之间机会渺茫，所以你谨慎把持，免得让自己在喜欢的人面前丢脸，情侣做不成，连友谊都失去罢了。

恋爱地雷

如果有个男人看到你的眼泪就心软，那往往不是因为〝他怕你哭〞而是〝他怕女生哭〞。

总觉得女人有种隐性的自恋，就是把男人的反应解释成“这是因为‘我’”。

举例来说，当女生第一次因为受委屈而落泪，男方立刻就让步时，女生总心想：“他会心疼我，所以一定很爱我。”

但，情况总不是常常这么顺利，如果有个男人看到你的眼泪就心软，那往往不是因为“他怕你哭”而是“他怕女生哭”。换言之，他不只看到你的眼泪会心软，看到前女友的眼泪、女同事的眼泪，甚至酒店公主的眼泪……他通通会心软，更惨的是，他除了下半身之外，全身都很酥软。

就像我一个朋友的男朋友一样。

女同事因为失恋而借他的肩膀哭泣，他心软了，于是出轨。

女朋友发现他出轨而哭泣，他又心软了，于是承诺挥剑斩情丝。

女同事哭着说自己愿意没有名分跟着他，他再次心软，立刻把对女友的承诺忘得比苏贞昌的头顶还光。

女朋友又哭着说，难道我们这么多年的感情要为了认识一个月的女人而放弃？男人想想，又记起了当初一起度过的美好时光、一起计划的未来蓝图，他的心软到不行了，于是他说："我们一起租房子住好不好？"

任何有嘴巴、会说话的人大概都会说，这男人不值得相信啦、不用奢望他会改变啦，劝女生不要傻啦、别无端糟蹋自己青春啦等等，不过说的总是比做的容易，这个女生当然应允了男人的要求，还闹了一场家庭革命，罔顾她父母"你要是敢搬出去，到时候就不要回来哭"的破口大骂，和男人找了一间小公寓，兴冲冲到IKEA（宜家家居）采买家具、到家乐福采买家庭号的食物，俨然是新婚生活演习。

只是一个月后，他们分手了。

原本爱到可以逼自己忍耐他外遇的刻骨感情，瞬间消失不见，原因是女生说："我受不了他每天开着电视睡觉。"

我完全理解。

问过很多人最受不了男生什么缺点？九成以上的女人，都会回答"不专情"。的确，有个出轨的男朋友，那种折磨不是一点点而已，他不在你眼前的时候，你怀疑他跟那个女人在一起，他在你眼前的时候，你又怀疑他脑子里想着别人，不管他在或不在，总之你是二十四小时不得安稳。

可是说真的，这样的折磨通常并不会让你少爱他一点儿，只会让你心痛委屈，不能理智说分手的，就在残破的关系里拖屎连[①]；能理智说分手的，也总要好一段时间闭门舔伤口。因为爱，所以会感觉受伤；因为爱，所以剔除不了"如果没有那个第三者，说不定我们会很幸福"的惋惜；因为爱，所以我们试图修复关系，包含等待、包含争吵、包含和那个第三者战得你死我活。

可是生活习惯上的冲突，却常常让我们对一个人的爱瞬间蒸发，因为，那不是第三者、不是外力破坏，是打从心里深切地体认到：不，我没办法忍耐你。

新婚夫妻为了挤牙膏的方式，还是冲不冲马桶战到要分手这种事，大概很多人听到时，心里都会大唱"两个人在一起本

---

① "拖屎连"，闽南语，指麻烦多。——编者注

来就要彼此适应”的高调，甚至还会隐隐衍生“我家那位拉屎也不冲水，我还不是忍下来了”的优越感。老实招认，这种优越感我也有过，某任男友上厕所不关门、不冲水、从来不掀马桶盖，我只要稍不注意，就会一屁股坐在他的尿上，虽然气得半死，但也没因此少爱他一点，那当口，不禁觉得自己大概是比较随和又好相处的。

但原来，只是他还没踩到我真正的地雷而已。

后来我才发现，卫生习惯不佳对我来说，只是零星的小花火，就像被拜祭时掉下来的香灰碰到，痛是会痛，但抖掉就没事了，于我而言，真正像是烈火焚身般完全无法忍耐的，是另一任男友什么电器都能连续使用好多天从不关掉的习惯。

他的电脑总是开 BT[①] 下载一个月从不关机、除湿机开一整星期从不休息、电磁炉用完从不拔插头、小夜灯白天也从不关掉就让它亮二十四小时……这不是省不省电的问题，而是每当我的手碰触到那些因为长时间运作而发烫到可以煎荷包蛋的电器，就觉得这间屋子随时有爆炸的危机，那种紧张程度，是会让我半夜惊醒跳起来拔插头的。

我知道一定会有人说我想太多，可是，这就是我的大

---

① BT：是一种互联网上新兴的P2P传输协议，全名为"BitTorrent"，中文全称："比特流"。——编者注

地雷。

爱和不爱之间，有很大的挣扎空间，可是适合和不适合，却是一拍两瞪眼。

每个人都有不同的地雷，有些人是牙膏、有些人是马桶、有些人是电视，踩到这些地雷，再深刻的爱，大概都会被炸得体无完肤吧。

爱人不疑，疑人不爱

女人抓到的那些事，往往并不能证明什么。但女人“抓”的行为，却总是成为男人在指责你疑心病时，罪证确凿的证据。

在脸谱网写了这样两句话：

工作上，用人不疑，疑人不用；

感情里，爱人不疑，疑人不爱。

其实也就只是一时有感而发而已，没什么特别的意思，但隔天，一封署名米雪儿的信飘进了我的信箱。

“为什么要对女人这么苛求呢？”米雪儿这样问我。她说，就算女人查勤、偷看男友手机或信箱的行为称不上理直气壮，但那毕竟是因爱而生的行为，哪有那么罪大恶极？更何况女人的疑心，其实始于男人令人不安心，如果大家总斥责女人不懂“信任”二字怎么写，只会让男人得了便宜还卖乖，做贼倒反过来喊捉贼，把女人的疑心病当作自己变心的借口。

到底是女人的疑心使得男人变心，还是男人总不给女人足够的安全感，这种鸡生蛋还是蛋生鸡的问题，恐怕得和谁杀了肯尼迪一块儿列入世纪谜题。

因为女人都敏感，所以女人的不安，经常来自于枝微末节处。例如向来喝无糖绿的男人突然改喝百香绿、例如向来宁愿多绕路也坚持在中油加油的男人突然搜集起台塑的集点赠品、例如向来只听中文流行歌的男人 iPod 里出现了中岛美嘉和土屋安娜……女人敏感地察觉到男人悄悄改变了，却不知道造成他改变的原因是什么。

男人总爱说“你想知道什么可以直接问我”，一副天恩浩荡的样子，却不知听在女人耳里多么令人不舒服，好像他对你坦白，不是应该的，而是一种施舍。更何况很多时候，女人之所以不问，不是预设了男人会说谎，而是怕男人觉得厌烦。

女人不想让男人觉得自己在找碴儿。

一开始女人打的算盘都是这样的：我偷偷看一眼你的手机，就这么一次就好，只要发现什么事都没有，一切就天下太平，这样既安了我的心，也不会伤了你的心，更不会因为不停地追问而让男人厌烦，伤了彼此之间的感情。

可是偷偷看一眼的结果，往往却不是“什么事都没有”。

你可能会发现男人昨晚和那个“根本不熟的女同事”讲过电话、你可能会发现男人和他口中那个“完全没联络的前女友”互传贺年短信，于是发觉被骗的你震惊生气，雷霆万钧地质问他，可是你很快就会发现，最后百口莫辩的人，往往是你不是他。

他可能会说“这又不是什么重要的事，所以我忘了告诉你”，三言两语就将他的隐瞒大事化小，顺道指责你小题大作。

他可能会说“我哪知道这一点儿小事你也会在意”，连捎带打暗指你小气。这是一个大闷亏，如果你咬紧牙关吞下去倒也就罢了，可若你吞不下这口气，继续逼迫质问，他八成会翻脸，对着你大吼“你为什么不信任我”，甚至更狠一点儿，语带威胁地把问题丢还给你：“如果你不信任我，我们要怎么继续下去？”

这场架，你是没有赢面的。因为他的隐瞒可以解释成“忘了说”，他的欺骗可以解释成“怕你生气”，总之他可以有一千一百万种辩解，但你对“偷看手机”这项指控，却难辞其咎。

以前我也常在男友家里上演非法入侵的地毯式搜索，而现在，就算男友的手机落在我家里，我也能做到绝对不偷看，这样的变化，老实说，不是因为我更懂得信任了，而是我发现，“抓”这个行为，往往不能证明他是贼，只是让我变成了货真价实的贼。

因为女人抓到的那些事，往往并不能证明什么。

但女人“抓”的行为，却总是成为男人在指责你疑心病时，罪证确凿的证据。

就像两个人吵架，各执一词、激辩不下，其中一方耐不住性子动了粗，在他动手打人的那一刻起，就注定道理不再站在他这一方，就算本来是对的，也通通变成错的了。

更何况，你“抓”了半天，到底希望抓到什么呢？难道你非得要依靠那些“证据”，才能确定你们俩之间的感情有没有生变？那平常相处的时候你都在干吗？放空吗？

女人爱疑心，说到底是因为太在乎，可是，疑心病也是能进化的。

初阶的时候，他夜夜晚归，不接你的电话，于是你逼问他、偷看他手机短信，惊天动地地发现他的背叛。

中阶的时候，你发觉他车上多了几张他不喜欢的音乐类型的唱片，嘴上出现以前没有的口头禅，不动声色地发觉他最近有了亲近到足以影响他习惯的对象。

终极进化版的时候，他拥抱你、亲吻你，你看着他的眼睛，就能感觉里头没有爱了，还需要什么证据，他既然不爱你了，爱上别人也就是早晚的事。

好莱坞的枪战片里，以极高的频率出现一种安装着红外线热感应器的来复枪，即使隔着门扉，也能知道屋里的人在玩儿什么花样。而女人的观察力，其实就跟红外线热感应器差不了多少吧？

这一段恋爱，你是当事人，男人爱不爱你、这段感情幸福与否，你多半心里是有底的，又何必风风火火踹破人家大门，像个蹩脚小贼似的东翻西找？

有些事，能够观察，又何必问？若真要问，那么，不如问自己的心吧。

怎样才算对的人？

所谓的“对的人”，不是想法和你一样的人，而是和你一样想用心维护这段感情的人。

收到一个失联将近十年的网友大胡写来的信。

他说他在逛书局时买了《不爱为何不早说？》，回家翻开书看到上面的作者照片，才发现是我，他的信开头第一句就写：当年就觉得你对感情的看法很特别，没想到真的出书了。

而我，立刻就想起了那件让他认为“特别”的事。

其实我和大胡不熟，因为他起码大了我十岁，每次见面都是一大群人，虽然交换了电话但从来不打、虽然交换了 MSN 但也很少聊天，那么唯一一次深聊到让他觉得“我对感情的看法很特别”的事件，其实也是个大误会。那一晚我心情不好。因为感冒，早上我无论如何爬不起来，翘掉了某堂课，可是好死不死那却是那个老师整学期唯一一次点名，同学捎来消息，说没到的要补交一份五千字的报告，否则挂掉。

我一边赶报告，一边为自己的坏运气忿忿不平，为什么唯一一次逃课就被逮到，但另外有些人整学期都不见人影，唯有点名那天福至心灵出席，就安全过关？

然后大胡突然敲我，说她女友下星期生日，问我觉得应该送什么礼物好。

“你是女生，应该比较了解女生喜欢什么吧？”当时大胡是这么说的。

“可是我又不认识你女朋友！你为什么不问认识你的女友的女生朋友？”我只是希望他去问别人，不要再吵我。

“因为半夜在线都没有人啊。”大胡没察觉我的意兴阑珊，反而开始长篇大论地讲述他和女友之间的事。原来他老觉得恋爱平稳就好，但他女友却觉得他无趣，希望他能浪漫一点，两个人老为了这些事吵架。”就是想法不同而已嘛，没有谁对谁错吧？”我很敷衍。

“可是想法不同，感情就很难继续下去啊。”大胡说，“而且她老是想改变我的想法！”

“你不是也想改变她的想法吗？”我吐槽他。

“话也不是那样说，两个人在一起，本来就应该互相配合……”

“感情是要互相配合没错啊，但也有适合不适合的问题吧！”我冷冷地说，“如果什么事都能互相配合的话，那我们何必找寻对的人呢？”

“……嗯，这种想法，蛮特别的……”

大胡大概终于察觉到我的不耐烦，很识趣地下线了，我反而生起闷气来。

我一点也不觉得这种想法有什么特别的，路边随便抓个女生来问，十个有八个都会说“对的人”很重要吧？我觉得大胡只是察觉我的不耐烦，所以随便做个结论好结束话题而已，而我一面觉得自己把逃课被逮到的情绪发在无辜的人身上不对，一面又觉得倾听他的感情烦恼又不是我的责任，更何况我们又不熟。

年轻的时候是会很任性地说些“如果你爱我就该爱我的全部”之类的话，不过在发现自己也无法做到爱对方的全部之后，就知道自己并没有提出这种要求的立场。

我们口口声声地说自己可以接受对方的缺点，但其实至多只做到忍受，我们口口声声地说自己可以尊重对方的想法，但其实只是借此要挟对方尊重我们的想法，“我尊重你”的隐藏潜台词是“你也该尊重我”，但问题是，我们究竟有没有尊重对方，从来都不该由我们自己来说，而是要看对方是否真感觉到被尊重，不是吗？

差异在恋爱里有两个名字：热恋时叫互补，分手时叫个性不合。

和想法契合的人聊天相处，是多么愉快的事，那种可以畅所欲言的感觉，多么快意。但上哪儿去找想法和你完全相同、没有差异的对象，也就是俗称的“对的人”呢？

亦舒有一本小说叫《剪刀替针做媒人》，里头有句话说：“我不再寻觅，他不会来，也许，在我不知道的情况下，他遇到车祸，我俩失去见面机会。”我第一次看到时大受震撼，一字不差记到今日，每当听见有人说到“对的人”这三个字时，这段话立刻就会跃上脑海，就像《壹周刊》每天爆出锦荣和蔡依林约会的消息，但大部分的人听到蔡小姐依旧瞬间联想到周董一样，完完全全操控于反射神经。

我也曾经深深相信自己有天会遇见那个“对的人”。

后来谈过几次恋爱，不得不开始怀疑遇上的概率，如果每次都得花三五年才能证明那个人是错的人而不是对的人，那我们到底还剩下多少时间、多少机会？

还有很多时候，是我觉得那个人什么都对了，但在他的眼里，我却什么都不对，有些爱情就像一个天大的误会，只是我始终都不明白，究竟是谁误会了谁。大胡的来信提到了他的近况，包括他和当年的女友结了婚、生了小孩儿，他的女儿今年刚上小一，很喜欢我的书封面上那个女孩画像，他顺手把书给了他女儿，结果他太太大惊失色，把他骂了一顿，斥责他“怎么给小孩子看这个”等等的事，然后他问我，想法还是和当年一样吗？

我心想，不一样，当然不一样，都已经过了十年，怎么会一样？

然后在那个心想“哪有人十年前十年后的想法会一样”的瞬间，我突然好像明白了些什么。

人的想法和观念都是会变的，就算我现在能找到一个想法观念和我完全一样的“对的人”，三五年后，我的想法变了，那他就从“对的人”变成“错的人”了吗？如果是那样，那我们还寻觅什么？而像大胡那样，当年和女友的想法不一样、现在和太太的想法也不一样又如何，至少他们一直都在一起。

也许，所谓的“对的人”，不是想法和你完全一样的人，而是和你一样想用心维护这段感情的人。

差异可以弥补，歧见可以沟通，缺点可以容忍，一段感情能不能走下去，关键点从来不在于路上有多少阻碍，而在于你们之间还有没有爱。

人的想法可以变，想法也应该要变。

但爱，或者说维护所爱的决心，才是真正不应该改变的。

Chapter 3

爱 要 坚 持
但 别 僵 持

完美的伴侣的组成，

经常，是来自两个不怎么完美的人。

如果真有这么一个人出现，你不要吗？

我要。

即使他不完美，反正我也不完美，

只要我们在一起很快乐，那就够完美了。

非诚勿爱

在爱情里，谁想当随传随到的傻瓜？

可是，我们更怕这次不到，就连下次都没有了。

上个周末，我吃了一顿白食。

事情的源起很简单，就是某位男士想追求 Lisa（莉萨），但 Lisa 看来似乎兴致缺缺，幸好老天帮忙，男士和 Lisa 的好友 Vicky（薇姬）恰好有点儿公事上的合作，于是借由谈案子的名义，将两人都约了出来。

但重点是，名为谈案子、实为替男士和 Lisa 制造机会，Vicky 大概觉得中间夹个她当大电灯泡太无趣，于是，又把我捆了出门。

男士为求表现，从头到尾管接管送管付账，光是接送我们三个，大台北就绕了两圈，我就这么吃了一顿免费的泰国料理，再加一顿免费的英式下午茶。事后，我跟 Vicky 私下八卦，她突然问我:“你觉得那男生怎么样?”

我答:“不就是要追 Lisa 吗?”

Vicky 说:“很明显噢?”

我答:“对啊，都表现到这么有‘诚意’了!”

我跟 Vicky 嘻嘻哈哈地开着男女主角玩笑，Vicky 究竟有没有要帮着敲边鼓的意思，我不知道，但其实我跟 Lisa 以及那位男士完全不熟，真要说有什么感觉，其实只是有点儿感叹——诚意诚意，到底什么叫诚意?

这样唯心论的两个字，却最是需要唯物论的证明。

类似的白食，我们都吃过，尤其是你身边如果有那种长相姣好、个性开朗、交际手腕又不差的姊妹淘，这种免钱饭摊、唱歌摊、酒摊，永远吃不完。另一个朋友就是个中好手，在她的全盛时期，她打电话来约唱歌吃饭，第一句开口说的话是“今天这摊免钱”或“要自己出”。

基本上，免钱的摊这么多，多到我不是不曾暗暗感叹正妹的人生特别受到优待，光靠蹭饭就能酒足饭饱，外加泽惠友人。偶尔要各自付账，原因都只有一个，那就是:那个男人不再是她的追求者，而是已经晋升为她的男朋友。

我曾经以为，这就是现实，男人都只有在得到你之前，才会无止尽地献殷勤。

可是，不，其实不是那样的，当你真正爱一个人，你会心疼他、你会维护他，甚至偏袒他。我遇过理所当然觉得我男友应该开车送她回家的女性朋友，看着自家男人送完一轮，回家已是凌晨三点，隔天还得上班，都要替他生气；也遇过自以为义气其实有点白目[①]的女性朋友，不停用话揶揄我男友，说他既没给我买包也没给我买钻。

老实招认，我不是不曾艳羡那种会开张信用卡附卡给女友的男人，可是我是这样珍惜这段关系，珍惜到平常也不敢稍露不满，我自己都舍不得责备他，而你却当着众人脸面弄得他下不了台，这样到底算是帮我，还是害我？

我们总嚷嚷着非诚勿爱，非诚勿扰，非诚勿来。

就像约会，很多人都说过，有诚意的男人绝对会在三天以前就慎重与你敲定时间、地点，那种下班前才在 MSN 上敲你问“晚上有没有空吃饭”的，八成只是拿你填空。

可是，如果你不喜欢他，他就算是三个月前就约你，你也会无情地说“到时再说”；而如果你喜欢他，好不容易他开口

---

① “白目”，闽南语，指说话不留心眼，经常说出事实而伤害朋友的人。——编者注

邀你，你舍得不去吗？诸葛亮之所以能玩三顾茅庐，是因为他对权位不稀罕，而我们之所以玩不起，是因为那个男人我们很想要。

在爱情里，谁想当随传随到的傻瓜？可是，我们更怕这次不到，就连下次都没有了。

现实最讽刺，诚意从来不靠星座分、也不靠紫微分，而靠“爱”来分。

当他在你心里只是可有可无，你才有余裕去试探他有没有诚意。

当他在你心里已是非他莫属，恐怕，就换他来检视你的“诚意”了。

有些爱，只能存而不论

在爱情里，问为什么的人都是傻子，
唯有清楚自己要什么的人，才能往前走。

有人曾经问我：你最害怕被问到的感情问题，是什么？

我最讨厌被问到的，是女生跟我说她“怀孕了怎么办”，因为我既不能劝她生下来自己养，也不能鼓动她堕胎，就算是劝她奉子成婚，也不像是撮合一段良缘。

可是，最让我感到难以回答的，其实是那些“没那么喜欢你”型的问题。

明明他劈腿，跟新欢如胶似漆，却还三不五时来撩拨你一下，是怎样？

明明他提出了分手，晚上却又发短信关心你吃饭了没有，是怎样？

很多时候，他一天只拨出了十分钟在你身上，其余一千四百三十分钟，他的世界都没有你，而你却在得到了这十分钟的关心后，把一整天都花在研究这十分钟的关心上，他不会给我们答案，我们得自己作答。

是可以简简单单用一句“他在玩弄你”带过。可是，别说女人不见得会因为知道自己被玩弄就清醒，就算会，承认自己被玩弄也是一种伤害，那不仅伤害了你的自尊，还伤害了你对人的信任。

我不大喜欢随便指责男人是在“玩弄”人，有时候，我觉得女孩子动不动就说“他只是想玩弄我”或“他只是想占我便宜”是一种隐性的自恋，天晓得我们也不过就是一介凡人，丢到脱水机里高度旋转，也榨不出什么油水来，要是有人花那么大精神功夫只为了“对付”我，那么他肯定是个傻子。

所以，其实我比鬼打墙的人，还愿意相信那“十分钟的恋爱”，是真心的。

我相信那真的是爱，或者退一万步说，是好意。

可是，那真的也只有十分钟的有效期，而我们能做的，就是不要把其他的一千多分钟，都用在思考、回想、等待这十分钟上。所以，回答这样的问题真的好难。

我不想说出“他只是在玩弄你”这样的话，那无疑像是建议脚痛的人把脚砍掉一样的无稽。

可是，我又怕“他对你是有感情的”这种回答，只会让人更加离不开。

我想，对于那些忽冷忽热的人，最好的处理方法，就是在心里为他划出一个“存而不论”的区块吧？

情绪和情感都是发自真心的，但前者只是一时兴起的偶然，后者才是无时无刻的存在。就像再不喜欢油炸物的人也偶尔会在半夜一点疯狂想吃盐酥鸡一样，那种渴望也并非不是出自真心，只不过转眼即忘而已。

你可以相信对方对你是有某一种程度的在乎的，只是，比起研究“为什么他的在乎只能到这种程度”，不如告诉自己“只有这种程度的在乎不是我要的”，因为在爱情里，问为什么的人都是傻子，唯有清楚自己要什么的人，才能往前走。

更何况，看似悬疑难解的感情困境，其实只是障眼法。

你把他当成你人生的唯一试题，答案才会那么重要。

你不把他当成你人生的试题，那么，你也就不需要答案了。

总是若无其事的男人

为什么口口声声说爱你的男人，
却能在这些时刻表现得这样若无其事？

小女生写信给我，说她和男友吵架。

吵架这件事最奇突的点在于，最后让你心里过不去的，往往都不是当初那个争吵的事件点，而是在争吵过程中所发生的状况，可能他说了一句什么重话，你从此记恨一辈子，可能他面对问题的态度，让你觉得不 OK。

还记得有一次看孙燕姿接受采访，记者问她对闪婚的看法，而她的回答是:“你要知道他在什么时候会发火……才会认识这个人”，那瞬间我对她的好感突然狂升到涨停板，觉得这人不只是脸长得好、歌唱得好，最重要的是头脑更是一级棒的好。俗话说“患难见真情”，我倒是觉得“吵架时见真性情”，人在情绪激动之时，往往才会显露出本性来。

不过小女生年纪不过二十出头，闪婚离她还太远，她过不去的点是，她气得五心烦躁，坐立不安，但男友却若无其事，居然还能打电玩！

“如果真的很在意，不可能还有心情去做别的事吧？”她的信里，果然完全没有提到吵架的原因，只是很苦恼地问：“他是不是根本不在乎我？”

噢，老天，这要怎么回答？

几乎所有的女孩子从第一次恋爱开始，就不停地受男生的“不在乎”所扰，然后，为了解决这个“你很在乎，他不在乎”的不平衡，女生的一辈子除了节食之外，又多了一门功课：训练自己不在乎。

就像好不容易等到他上线，你却不想主动发信息给他，于是故意登入又注销，希望他注意到你、主动敲你MSN。

就像在等他回电，每一分钟都像凌迟，因为你不停看表、不断读秒，挨过这一分钟，不晓得挨不挨得过下一分钟。

就像冷战时等他先低头，你坐在电脑前，一副屏幕里有金山银山吸引得你目不转睛的样子，可是你的耳朵却拉得高高的，想尽办法在听他的动静，每一次听见他起身，你都以为他要过来和你说话了，你都准备好冷冷地看他一眼，然后爱理不理地说“干吗”了……结果，他经过你的房门口，目不斜视，毫不迟疑，走进了对面厕所，于是你那些欲拒还迎的爱意像坨屎，被冲进了化粪池。

我所知道的女孩子、包含我自己，都是日日夜夜在做类似这样的奋战的人，只要心里有困扰的事卡住，就是吃不下睡不着。也不是不知道该找些别的事转移自己的注意力，求爹爹告奶奶央了姊妹淘陪你逛街，可是沿路又忍不住抱怨男友，非但没消气，反而越说越生气。

于是你不懂，你真的不懂，为什么口口声声说爱你的男人，却能在这些时刻表现得这样若无其事？

男人总说他们“不是不在乎”。你不相信，不是因为你生性多疑，而是因为你知道真正的“在乎”是怎么一回事。当你真正在乎一个人时，你吃不好又睡不着，你提不起又放不下，你无法思考又无法不思考……而这些歇斯底里的症状，男人们却通通都没有。

当然，坊间很多传闻，说男人不是没有心，而是女人太多心，说男人不是没神经，而是女人神经病，说男人来自火星，女人来自金星。你听在耳里，狐疑在心里，感觉像是先看到了男人在路边大啖麻辣锅，再收到他盖了医院章的肠胃炎诊断书，如果你准假了，也不是真相信他病得很重，而是你还不想换员工。

对于男人嘴里说在乎，却总表现得满不在乎的行为，我也一直狐疑着——直到几年前，我弟捅出了个大篓子。

我大他七岁半，他还不会讲话时，我已经在跟同学争刘德华帅还是郭富城俊，他还在念小学，连性征都还没长出来时，我都已经交男朋友了……所以在我家，小孩一起对抗大人的事很少发生，大部分时候，我都跟爸妈站在同一阵线，骂他这个死小孩儿，所以他有什么秘密和困扰，通常是不会告诉我的，因为我是百分之百的抓耙子[①]。

可是那件事让他异常困扰，于是他只好冒着被我骂的风险，跑来问我“怎么办”。

我提出了方案 A 和方案 B，要他自己好好想一想，再告诉我怎么办，可是我左等右等，他就是没告诉我他的决定，眼见时间已经要来不及，再拖下去就算是如来佛祖下凡都救不了他，我终于忍不住敲了他房门，问：“你现在是决定怎么样？”

“哈？什么？”他在打魔兽，连转头看都不看我。“不知道，我还没想好。”

“快来不及了你知不知道？”我骂他。“你不赶快决定好，还在这里悠哉游哉地玩电玩？”

① “抓耙子”，闽南语，告密者。——编者注

“我昨天睡觉前就想过啊！”他理直气壮地说，“昨天想不出来，今天也不可能想得出来，既然一直想也没有用，那我干吗一直想?!”

噢，天啦，听到他说的话了吗？他说：既然一直想也没用，那干吗一直想？

“一直想也没用，何必一直想”这种句子，完全就是两性励志书里头拼命强调但从来都没人做得到的境界吧？女人总是告诉自己，“他会打来就是会打来，干吗一直傻傻等”，女人总是安慰自己“他要是会挽回就是会挽回，一直想也没用”……可是原来做不到的只是女人，对男人来说，把无用的情绪扔出脑海，大概也不会比把大便挤出直肠困难多少，就算有点儿便秘，服用一下游戏牌软便剂，立刻噗噗噗噗地排出去。

原来女生的情绪池像大海，无边无际无限上纲，但男人的情绪池却只有漱口杯那么大，把近视眼镜拿下也就眼不见为净了，其差别之大，大概就像550cc[①]的重机和50cc的小绵羊，前者随便转一下油门就风驰电掣，后者就算催到紧绷也就只能那样，毕竟就只是台小绵羊，你还能期望他什么呢？

“他真的不是不在乎，而是男生就是那个死样子，我想就算他女朋友是林志玲或是徐若瑄，吵架时他也是回家玩电

---

① cc：排气量单位。——编者注

玩啦！”

我这样回信给小女生，还把我弟的例子告诉她，原来男人不是不在乎，而是他们天生就是这副德性，就像他们的鞋子永远是臭的、袜子永远是灰的一样，他们都不是坏人，只不过，是男人罢了。

爱的碎片

原来恋爱像考试一样，
总有某一科是你的弱项。

他就是这样一个人

你总觉得他对你很糟糕。

不温柔，管得太多，有时候你甚至觉得，他关心的不是你本身，而是你是不是他要的那个人。

你总想着，如果霸道的人能够温柔有多好，一定比平时就唯唯诺诺的人有格调；你总想着，如果冷漠的人能爱你有多好，至少比滥情的人专心。

直到你离开的时候你都很埋怨。

埋怨他做得到让你快乐，却吝啬去做。

后来你失笑的是，你觉得能让你幸福的是，幻想中的他，而不是他本身不是？

你看过他对别人好吗？你看过他对别人专注吗？你一直一直以为，是自己不够资格，所以一直不平又难受。

说不定他就是这样一个人了。他没对你特别不好。

他只是从来没有对别人，包括你，像你对他那样付出过。

道听途说

有时候，你会想念第一个不是男友的床伴。

其实他的眼神很温柔，在你上方时与你十指交握，他想抱着你睡，你摇摇头说不要，以为这样就划清了爱与性的界线，没有依赖，就没有离不开。后来你才搞清楚，做爱其实只是一个过程，像是从一楼到三楼必须经过的二楼，你们甜蜜、调情、蜜里调油、假借关心、抱得很紧很紧——原来这些才是寻开心的重点，你之所以误以为是爱，是因为爱的本意在于不离不弃，但你没见过，一直只是道听途说。

寂寞一直都一样

他说了，他爱的是你。只是那个女人缠着他、只是他有一点可怜她。

或许有人会说这样的男人根本两个都不爱，可是，你还是相信他对你是有感情的，只是没有他原先承诺的那么多。当然愤怒、当然伤心，可是怎么办呢，已经爱到了，反正他说那个女人只是个送上门的白食，你得到的是爱情，她得到的是同情，“你赢了”，他这么说，她也咬牙切齿这么说。直到你在那个女人的blog（博客）上，发现她记录着和男人之间的对话、约会的情形，而你在其中找到许多你的影子。

原来他对送上门和求进门的女人说的甜言蜜语是同一套，原来他表现爱情的肢体语言和表现同情的肢体语言那么雷同，对，没有疑问，他比较爱你，他把大部分都给了你，可是他逗笑她的笑话，是对你说过的，他拥抱她的姿势，和拥抱你是一样的，他怎么可以用完全一样的方式对待你以外的其他女人，怎么可以？

后来你慢慢发现，世界那么小，你很难不遇到和你前后纠葛过同一个男人的女人，一次又一次地发现，不管你和她有多么不同，但他的甜言蜜语，总是一字不变地重复使用。

于是你就懂了。原来这不是比较爱谁的问题，原来这不是谁在谁心中有没有特别地位的问题，原来这不是谁比较独一无二的问题。

原来你和她们当然不同。

原来只是男人的寂寞，以及表现寂寞的方式，一直都没变过。

他要找的人

你最讨厌别人说你眼光高。好像不幸福都是你咎由自取。

其实你要的一点都不复杂。80％的温柔里，要有20％的霸道，成熟的体贴里，带着一点孩子气的固执，你不要求他什么都听你的，只希望他什么时候都愿意听你说话。

一点儿都不难的，你曾经找到过。只不过，他要找的人，不是你罢了。

恋爱资格考

原来恋爱像考试一样，总有某一科是你的弱项。

有些人会想尽办法补强弱项，可你却选择了逃避，然后在其他科更下工夫。最后，你可以倒背《长恨歌》，你记得鸦片战争、八国联军、中法战争的年份，你还记得黄河流经哪几省、湘桂铁路从哪里开往哪里，你的数学课干脆拿来背三民主义……整张成绩单上，数学就是你的死穴，你有还不错的平均分数，但永远拿不到第一名。

重来几次都是一样的，个性不改，永远会在同一个地方跌倒。裙子再短、假睫毛再长、脾气再好、忍耐力再强都无济于事，如果挑男人的眼光永远停留在零分，幸福的奖状，永远，落不到你手上的。

她有你没有的

你曾经很努力喜欢过一个人。

他说的话，你反复思考三遍，他不大热情，你找理由替他开脱，出尽百宝他仍然没爱上你，你还安慰着自己别气馁，眨了个眼，没想到就在这眨眼之间，他居然跟着别的女人走了。

他对那个女人柔软依顺，像所有对你表示好感但你却不屑一顾的其他男孩儿一样，你傻眼了，错愕得下巴掉到地上。

他说，他只对她有感觉，而你的感觉却是：滚蛋，放哪一国的屁！

所以当你得知他们之间，也并非是神仙伴侣的时候，你该为他难过，却又忍不住笑。

那个女人有的缺点，你都没有呢。

你一直在等，如果他转头对你说一句“早知道就跟你在一起”，你就能真正释怀并且祝他幸福吧；就算他说“你是个好女人”也会觉得甘愿点，至少她受苦的时候想起你。

可惜没有。

你自始至终都不明白自己到底输在什么地方。

她有的缺点你都没有呀！你忿忿不平。

只不过，她有的优点，你也都没有罢了。

我爱你，但我不欠你

女人喜欢细数自己在家庭或感情里付出了多少，只是想告诉男人，我这么做是因为爱你，而不是因为欠你。

我那辞职在家当乳牛的中学同学苏珊，最近拼了命计划重出江湖，学历不差的她以前找工作挑三拣四，连“面试经理看起来很机车[①]”都是她不肯赴任的理由，但现在她却急着找工作，连要转两班公交车才会到的公司，都投了履历。

倒不是她家里经济出了什么问题，事实上，她算嫁得不错

① “机车”：台语，形容一个人啰唆、问题和意见多、很难搞。——编者注

的了，她老公是外商公司的经理，薪水加奖金平均下来一个月十多万，虽然有房贷、车贷要缴，但小夫妻加上一个奶娃娃，基本上还是绰绰有余。

她只是再也受不了每当她有所抱怨时，她老公都说："你不用上班整天在家，这么好命，还有什么好抱怨？"

整天在家真的很好命吗？容我这个也整天都在家的人说句公道话，那就是"实在不见得"。

业主会说"反正你就下午拨半个小时来开会"，开会确实是半小时，但是我出门前男女主角还在情意绵绵地接吻，出门回来满头大汗，却找不回描写恋爱的手感。

家人网购后会说"反正你都在家，帮我收一下包裹"，可是宅急便十点来按铃的时候，说不定我赶了整夜的稿，才刚上床睡觉。

幸好，每笔稿费进账时，我还可以说"嘿，我整天在家，但我是在工作，我有收入"，而比我更心酸，也是整天在家"工作"却没有实际金钱收入以证明自己的"产值"的人，就是家庭主妇。

而苏珊，便身受此苦。

她为了喂母奶，乳头都给小孩咬得破皮瘀青时，老公说："反正你不用上班，可以在家休息。"

她早上到市场给离乳期的小毛头买猪大骨准备熬粥，卖猪肉的欧巴桑说："照顾小孩很辛苦，幸好你不用上班，真好命。"

她下午趁着孩子午睡，偷拔朋友开心农场的菜，朋友哇哇大叫："谁像你这么好命，每天不用上班都在照看农场？"

总之，每个人都说她幸运，每个人都说她好命，好像全世界的人都觉得她幸运地过着一个不劳而获的人生，而这，就是最让她崩溃的事——她没有不劳而获。

"我早上要先把衣服丢到洗衣机里，然后去买菜，买完菜回来刚好晾衣服，然后煮午饭，吃完午饭洗个碗，衣服刚好也被中午的太阳晒干了。然后我把衣服收下来，避免被下午可能的雷阵雨淋湿，睡一个小时午觉，醒来刚好边看电视边折衣服，然后扫地、拖地，做其他家务事，再开始准备晚餐……"苏珊噼哩啪啦跟我陈述她的一日行程，"根本是从天亮做到天黑，哪有不工作？"

或许你会说，反正她折衣服时也在看电视，不过是刚好。

但如果有人跟你说"反正你开会时也是在喝咖啡"，你怎么想？

或许你会说，反正她买菜也是买她爱吃的，不过是刚好。

但如果有人跟你说"反正你电脑桌面也是选你喜欢的"，你怎么想？

或许你会说，至少她不用整天被绑在公司。

但难道被绑在公司八小时的上班族，真的八个小时都不停地在工作？

哪个业务员不趁下午跑客户时跑到咖啡厅开小差？

哪个员工不偷玩脸谱网和噗浪？

哪个OL（白领丽人）不在公司偷偷传团购单，下午订五十岚、中秋订蛋黄酥，有事没事再团购阿舍干面或是黑师傅？家庭主妇的工作要做得顺，真的要极大的条理能力。

譬如苏珊不会等到下午三点才洗衣服，因为可能晒不干。

譬如苏珊煎鱼时，一定会在旁边削红萝卜皮，削完之后，鱼刚好可以翻面，然后她接着刨红萝卜丝，刨好时鱼恰好两面都熟，铲起来放在盘子里，下一道菜立刻可以下锅。

又譬如她在菜市场看到“大黄瓜一条三十、两条五十”的牌子，一定会突然想起家里还剩几块排骨，刚好一条煮汤、一条用炒的……

这些家务事的“眉角”，她们可能说不出口，因为没有人叫她用powerpoint（演示文稿软件）做简报，可是，换成一个不常做家务事的人来做，绝对手忙脚乱，既偷不到时间午睡，也偷不到空去拔开心农场的菜，因为家庭主妇之所以能偷出那么多空来玩乐，从来都不是因为做家事轻松，而是因为她们把工作做得很好。

尤其，家庭主妇最忌讳的，是听到人家说她“不用上班赚钱”。

天地良心，请一个帮佣做家务，一个月要付多少薪水？而请一个保姆带孩子，一个月要多少费用？如果这些事都是家庭主妇在做，那她非但不是没有上班，而且还是身兼双职，若真要按市价计薪给她，说不定家庭主妇的月薪，还高过在外面上班的老公，不是吗？

操持家务辛苦，当然上班也不轻松，女人辛苦，当然男人也不是都闲着，都是为了彼此的幸福辛苦付出，其实也没什么好比。女人喜欢细数自己在家庭或感情里付出了多少，其实不是邀功更不是计较，只是在对男人撒娇，只是想告诉男人，我这么做是因为爱你，而不是因为欠你。

而你，爱我吗？

失恋，总是天崩地裂

你觉得你失去了一切，那么你会痛得无法存活，你相信离开他会更好，那么你就有勇气。

我失恋过很多次，过程不是不天崩地裂的。

轻微些的，哭、心痛、胡乱找人安慰；严重些的，睡不着（是真的睡不着，不是单纯形容词，会到二十多个小时从无合眼，累到眯着，半小时不到忽然惊醒，觉得好像听到手机响，拿起来看又什么都没有，于是又二十个小时睡不着觉）、吃不下（是真的吃不下，不是形容词，感觉毫无食欲，可是整天没半粒米下肚，手脚已经开始发软，强逼自己吃，两口下去就胃翻搅，觉得什么都要吐出来）、彻底要死不活。

前面那种，没什么，就哭吧、就玩吧、就抱怨吧，路边那么多个男人，讲得难听点，只要给男人一点甜头，他们个个都很愿意花时间安慰你。

后面那种，就麻烦点，看，这多么讽刺，心痛三年不会死，没吃没睡三天就挂了，在那个时刻，为着活下去，真的什么方法都想得出来。买一罐全脂鲜奶，小口小口地喝，感觉要吐就停下来，过十分钟继续，吃很甜的巧克力，喝全糖的五十岚，把方糖、冰糖含在嘴里舔，喝奶精球，想方设法维持基本热量。噢！还有，如果这种时候那个让我如此焦虑的男人突然出现，我绝对不会拒绝他的邀约，排除万难也要出去跟他见面。几年前我交往过一个失踪狂，他每回人间蒸发我就如此要死不活，等他出现，我就立马到他家去报到，不是不觉得自己怎么这么贱，人家这样对我，我还送上门去安慰他的肉体，可是，很抱歉，他失联三天，我这三天加起来只睡了四个小时，走起路来都觉得自己脚步虚浮，快要变成阿飘，至少打完一炮睡在他的床上，心里笃定睡醒时他还会在，所有难题得以押后处理，该晚至少可以沉沉睡上八小时，我也要脸，我也有自尊啊，可是，再不睡我要死了，而死人是没有自尊的。

很多年后，我猜失踪狂先生肯定不知道曾经有个女人，因为爱上他而差点儿送掉小命。

我是不会哭哭啼啼对他说“我为了你吃不下睡不着”的。

一来，是死要面子。

二来，是心里万般清楚明白，这男人倘若一点良心也无，装可怜一点用也没有，而要是他还有一点良心，愧疚感或许能驱使他对我好一天两天，可是同情要变成爱情的概率，小过母猪变成貂蝉，让他觉得对不起我但又无法好好爱我，下场大概就是他会失踪得更勤劳，眼不见为净嘛。

三来，我知道自己不要他了，只是，暂时还离不开而已。我的“分手期”，经常都在还藕断丝连时度过。

除了初恋那次，曾真心傻傻觉得男人会改变、爱可以改变对方之外，之后的每一次恋爱，我都是心里很清醒地知道“我们不会有结果”的那个人，只是暂时还离不开、只是那当下失去他比拥有一半的他（另外一半由其他女人持有）还难熬，两权相害取其轻，我留下。

留下来的时间，不是试图垂死挣扎、试图改变对方，是蓄积离开的力量。

失恋，对我来说有点儿像生病。

不严重的，不过是咳嗽、流鼻涕，严重的，上吐下泻、全身无力，可是，我百分之百、千分之千、万分之万“确定”、“相信”、“信任”自己会痊愈，那感觉就像得了肠胃炎或是流感，痛苦是痛苦得要死没错，可是，没有人会觉得自己会因此而死掉，或留下什么一辈子的后遗症——这种信心，很奇异的，就是站起来的力量。

因为相信自己有得救，所以才会自救。

因为自救，所以才会得救。

感情从来不是静止的，是不进则退的，有点儿像在漏斗里装水，如果你不持续灌水进去，漏完了，就没了。当你不再期待对方会改变、当你彻彻底底断绝和这个人走一辈子的念头，等于你不再为这段恋情灌注新的水，或迟或早，它会漏完的，漏到一滴不剩、干干净净。

等到那个时候，你不再爱那个人，分开或许有点儿惆怅，但，也就只是淡淡的，淡到随便一出好看的影集、一件好看的衣服都能转移你的注意力，久了你也就忘了。

最怕的是那种不死心的人、不面对现实的人，光是靠着回想“当初他对我很好”，或靠着幻想“如果他改了未来会很美好”，就能自体产生出更多的、新的能量。

我好喜欢的作家亦舒写道：“失恋这件事很奇怪，明明从来不属于你的人，你也会产生幻觉，认为得到了，随即又为失去哭泣。”

失恋是一种感觉，“只是”一种感觉。你觉得你失去了一切，那么你会痛得无法存活，你相信离开他会更好，那么你就有勇气。

如果你相信这一切会过去，那么，他一定会过去的。

别给爱情泼冷水

每段因为“彼此无话可说”而告终的恋情，最初都始于“我们很有话聊”的热情。

休·格兰特和莎拉·杰西卡·帕克主演的电影《名牌冤家》里有句台词是这样的：“曾经我是如此地深爱着你，但现在，我只想看你痛不欲生。”

我觉得这句台词好有意思。

电影里有一段剧情是这样的：两个人去打猎，休·格兰特一副自己很行的样子，没想到一开枪就被猎枪的后座力撞击肩膀，痛得哇哇大叫，当场丢了面子，而莎拉却幸灾乐祸、欢畅莫名地大笑起来。

有时候女人就是这样，你就是希望你的伴侣出糗、你就是希望你的男人丢脸、你就是想看他受些零碎折磨。不是因为你不爱他，恰恰相反，正是因为你越爱他，才越希望看到他受苦。

为什么呢？或许，是因为他让你不快乐，所以，当他快乐的时候，你就不自觉地觉得他的笑容很碍眼吧。

就像我的朋友路克最近一直思考着该不该结束一段谈了将近一年的感情。

“先说，我没有变心喔！”他重重强调着。“我只是觉得跟她没有话聊……”

“当初你追她的时候可不是这样讲的吧？”我忍不住酸他。

“她那个时候也不像现在这样动不动就变脸啊！”他抱怨。“就像昨晚我只是觉得有个App（应用程序）小游戏很好玩，想告诉她，结果她却骂我幼稚！还有……”

他抱怨来抱怨去，事件点虽然不同，但大抵不脱是他兴高采烈想跟女友分享什么，但女友却冷口冷面、冷不防一巴掌给打了回票，换个比较容易理解的说法，就是泼冷水。

女人的确很喜欢泼男人冷水。是见不得人家好吗？不，绝对不是，毕竟那个“人家”可不是别人，而是女人这一生至亲至爱的人。如果你到菜市场去走一遭，听听那些婆婆、妈妈如何数落自家男人，就明白泼冷水实在是女人的通病，张太太大骂先生无用，李阿姨嫌弃先生十年升不了官，周妈妈更狠，说她老公命里带衰星，“正在涨的股票只要被他看一眼，隔天就跌停板”。

上一辈的婚姻是那种二位一体的羁绊，没有离婚这种选项，周妈妈的先生要是真因玩股票输到脱底，她全家老小、包括她自己恐怕立刻就得去睡天桥下喝西北风，所以她绝不是真心希望老公赔钱，就像休·格兰特若非是撞伤肩膀，而是枪枝走火轰掉脑袋，恐怕莎拉就要从放声大笑变成放声大哭了一样，那个“痛不欲生”实在只是一种夸饰，女人没那么狠心，女人只是有些微微的不甘心，不甘心男人自私自利、只顾自己找乐子，却不关心你的心情。

在某些关系里，泼冷水已经成为一种习惯，可罗马不是一天造成的，最起码我没听说过哪一对情侣在交往之初就是这样水火不容。恋爱中的第一盆冷水，往往是在吵架或冷战之后，你余怒未消，却又不想再跟对方大吵，可他却迟钝到看不出你硬是压抑的情绪，实在不是你想伤他，而是他自个儿朝着冰山撞过来。

只是在你，那是吵架后的余震，在他，却是突如其来的地震。

女人泼男人冷水，很大的意义是在对男人怒吼：你只顾着自己高兴，那我呢？你有没有注意到我的不快乐？

可是，猜心是女人的本事而不是男人的，这些千回百转的心思，因为你没直说，所以，他不会知道。

他只知道你讲话老是连削带损，每次他兴高采烈要跟你分享什么，总被你冷冷地扫回去。

他只知道你开口总是没好话，他只不过提了句“最近出了什么新游戏”，也没说要买呢，你就明着骂他浪费、暗着损他幼稚，用十句话堵住了他的嘴。一次、两次，乃至无数次后，他受够了你的冷眼、他忍够了你的扫兴，他开始什么都不对你说了，甚至，他转向其他愿意听他说的女人倾诉了，你再怪他“什么事都不告诉你”时，他只会理直气壮地说：“反正我说什么你都会生气，我为什么要告诉你？”

于是你负着气，更加开口闭口酸言酸语，于是他听着腻，更加连话都懒得跟你说，最后，你们只剩下吵架跟沉默两个选项。

我想起每一段恋爱的暧昧期，我们总凑着对方的兴致讲话，他说自己新买了一台 PS2（家用游戏机），明明不玩游戏的你挖空脑袋回想自己曾玩过的游戏，连幼儿园时家里那台任天堂红白机都拿出来聊；你说自己新买了 Dior（迪奥）的春妆，不知道迪奥只知道奥迪的他搜索枯肠，讲起自己曾经在周年庆时误闯新光三越的感想。

那些都是闲聊瞎扯，言不及意，很快地，你们就会忘记当初说了什么，只留下“我们在一起聊天很快乐”的印象，而在之后你们每一次争吵、每一次对彼此失望，不都是靠着“只要努力就能回到从前那种快乐”的信念，支撑下去的吗？

每段因为“彼此无话可说”而告终的恋情，最初都始于“我们很有话聊”的热情。

初时那聊整夜都意犹未尽的热情，究竟是怎么变成一句话都不想和对方说的冷漠？

也许，就是那一盆又一盆的冷水给浇熄的吧！

我们是什么关系？

一夜睡醒若对方仍然什么话都没说，我们便强撑着自尊，假装自己原本也就只是一时寂寞。

不知道从什么时候开始，开口问对方“我们是什么关系”变成一件很丢脸的事。

听过很多男孩儿是这样形容他们和一个女人的关系——上了床，正是事后烟的时间，男人懒懒的脑袋放空，躺在身旁的女人，突然用一种云淡风轻的口吻说：“对了，我想到一件事要问你。”

“什么事？”

“我们现在是什么关系啊？”

“××”——据男孩们说，这是他们听到这种问题时脑海里第一个闪过的词汇——他们看着身旁的女人，突然觉得自己掉入了桃色陷阱，如果在两个人都还赤身裸体之际给出一个“只是朋友”的答案，连他们都要感觉自己是个精虫冲脑的王八蛋。

反正身边这个女人也不是很讨厌，自己也还单身，那么就试着交往看看也无所谓，他们只是有点儿不爽，不爽女人为什么要在这种时刻提出这种问题，简直像赶鸭子上架似的。然后你信不信，不管两个人之后交往的时间是长是短、是几个月或几年，吵架时女人若问男人“那你当初为什么要跟我在一起”，男人八成会给出“是你问我说我们是什么关系啊”这种答案，好像他们的冤屈累月经年，是你自私地忽视他一直以来的不情愿。

当然，也许他只是顺口说说，也许在吵架时本来就没好话，可是，他这句话无疑是刺中了你最痛的那个伤口。可是女人也有女人的无可奈何。

事实上，从女人喜欢上一个男人的那一刻开始，你就想问对方“我们是什么关系”了。男人约你吃饭看电影，你好想问他“你是不是也喜欢我，不然干吗一直约我”，男人打电话跟你聊天，你好想问他“你是不是喜欢我，不然干吗和我聊那么久”……

但你也有矜持，你也还在观望，买鞋都还要试穿呢，就算他当真对你有点儿意思，先约会个几次，确定对彼此的感觉是真实存在的，也不为过吧？

即使你很确定自己要的是恋爱而不是暧昧，可是喜欢的人约你，你怎么舍得拒绝？于是你一次次赴约、一次次逾越界线。

你以为他牵起你的手时就会表白，结果没有；你又以为他吻你的时候就会告白，结果没有；然后一垒二垒紧接着跑回本垒，你非常清楚明白地知道，如果这时候不确定彼此的关系，恐怕你们就再也不会有机会了，你才不是挖坑给他跳，你是早已陷落在深洞里，终于忍不住问他“要不要跳进来陪你”，你哪有那本事设计他，恰恰相反的，你是设计了你自己。

“他要是不愿意，可以直说啊！”女人总会忿忿不平这样想。

可是公道点儿说，拒绝别人哪里是那么容易的一件事呢？谁的笔筒里没有几支因为不擅拒绝别人而买的爱心笔？更何况，他或许没有爱上你，可也并没有讨厌你啊，明知道拒绝你会使你伤心，要怎么说得出口？

爱情往往由暧昧开始，但暧昧却并不总是通往爱情，原来暧昧和爱情的起跑点是一样的，只是在不远的前方总有个岔路，从此分道扬镳。

后来，这样的经验多了，我们都知道强摘的果子多半不甜，我们都不想成为咬着棉被要对方负责的那种女人，一夜睡醒若对方仍然什么话都没说，我们便强撑着自尊，假装自己原本也就只是一时寂寞。

只是，你心里还是会有个小小的声音在问自己：如果在那个当口有勇气问他“我们是什么关系”，是不是就会在一起？即使一开始抱持着凑合看看的心态，会不会日久生情？

其实答案倒不一定是否定的，只是我们都不想再赌。

既然第一手就输了，就潇洒地离开牌桌吧。

完美伴侣

完美的伴侣的组成，
经常，是来自两个不怎么完美的人。

和姊妹们盛装出席去看《欲望城市》第二部，老实说，难看死了，简直像是阿布达比的旅游宣传片，可是如果有第三部，我肯定还是会和姊妹们在首映当天排除万难冲进电影院，说句老梗的话，毕竟我们都是看《欲望城市》长大的。

我第一次在 HBO(有线网络媒体公司)上看到这部影片时，是二十出头，而如今我都快三十了。时间能改变很多事，凯莉她们老了，而我们也老了，唯一始终如一的，是我认识的所有异性恋男人全都有志一同地厌恶着这部影片，他们觉得，《欲望城市》教坏了女人，让女人变得虚荣、挑剔、毒舌，像广东话说的，“奄尖[1]”。

我得不甘不愿地承认，成天只想穿着Dior在各大晚宴喝喝鸡尾酒确实是不切实际的行为，可是除此之外，这部影片对我是有正面的教育意义的，它改变了我对所谓的“完美伴侣”的印象。

小时候认定的完美情侣，是郎才女貌、王子与公主，两人摆在一起画面美丽和谐，就像米其林主厨的甜点作品，不仅讲究口感，连配色都要求精准无误。

像夏洛蒂和她的前夫崔，是标准的帅哥配美女，充满艺术气息的画廊经纪人，与名字落落长中间还有超多音节号的英国苏格兰后裔。

又或者凯莉和她的前男友艾登，辛辣时尚的两性作家，与充满美式阳光风格的家具设计师。

尤其是艾登，号称是《欲望城市》里最完美的好男人，除了拥有外貌和金钱，还具备坦诚、专情、包容、居家、幽默、爱动物、爱小孩等等无懈可击的优点，简直是九成九男性此生都望尘莫及的圣母峰高标。于是，当剧里演到凯莉出轨背叛艾登时，我身边所有男人都露出那种“你们女人老嚷嚷着要好男

---

① “奄尖”，粤语，指诸多挑剔。——编者注

人，但还不是不珍惜”的批判眼神。

这就是女人的问题。我们都想要被爱、都害怕受伤害，所以总是拼命地在寻找“好”男人，希望对方有道德有良心，不会欺负或辜负我们。

可是，谁说好男人，就是适合我们的人？

更何况，世上哪来那么多的烂男人呢？

以专情与否来当作判断一段感情值不值得继续，老实说，我觉得很肤浅。事实上，出轨并不一定会毁灭一段感情，看看周遭有多少女人容忍着自己另一半不专情就知道了，虽然，我们总以为她们很傻，有时候我们骂她们笨，有时候我们鼓励她们勇敢离开，可是，如果她们选择留下来，难道，那就不算勇敢？

我说的留下来，不是只为赌一口气“看你能劈到什么时候”的留下来，不是愚蠢欺骗自己“都是外面女人勾引他”的留下来，而是全盘算计过后，觉得对方“除了不专情，还有很多优点”的留下来。

如果每个人都有一张评分表，那么，专情只是其中一个项目，甚至重要性还大大弱于其他项目。

我在意男人有没有口德，即使他变成了 ex（前任），我还是在意他会不会在外头乱说话。

我在意男人幽不幽默，即使他变成了 ex，偶尔谈心聊天时他还是能令我快乐发笑。

我甚至在意男人的性能力，即使他变成了 ex，也难保不会在偶尔寂寞时的“资源回收”。

可是专情，只在我俩相爱时有意义。

当我爱着他而他对我很专情，那是文艺喜剧片，浪漫优美柔焦还有粉红色泡泡，当我不爱他而他依旧对我很专情？对不起，那像极了死缠烂打的背后灵恐怖片，不仅一点都不美，还很恶心。

多年前曾有个朋友 A 小姐总默默容忍男友四处劈腿，而我确实也像个所谓的大女人，拼命鼓吹她离开那个烂男人。可是当多年过去而他们还在一起，而我也长年见识他们的相处模式后，却忍不住觉得，他们是相配的。

A 小姐乃是血液里淌着琼瑶因子的鸳鸯蝴蝶派少女，当她在公司受了委屈、面临下班时乌烟瘴气的车潮而感觉寂寞时，她会 send（发送）出这种短信给对方：“人生在世，萑苻遍地，幸而有你，我愿意继续呼吸。”

人家中文造诣好，我不是忌妒，而是觉得这也瞎到爆炸，不就是“我心情不好，你要不要陪我吃晚餐”的意思吗，何必搞到要搬康熙字典？可那男人在专情项目上或许拿了丁等，中文项目上却绝对是优等成绩，传回来的短信是“愿你天地静好，岁月无惊，我继续呼吸，只为了做你存在的意义”。我其实并不了解硬要用民初时期的文艺口吻发信息到底是为什么，我也不知道这种鸳鸯蝴蝶派的调情究竟有什么吸引，我唯一知道的是，要在台湾找到一个能完美回复这种信息的男人，绝对不会比找一个专情的男人容易。

最近新闻媒体不断报道某些艺人的感情状态，逼迫她们面对伴侣不忠的事实，然后嘲弄她们不愿面对的鸵鸟心态。有些人痛骂男方贱、有些人觉得女方傻，但就是没有人愿意承认，也许人家有自己维持感情的平衡法则，也许人家是甘之如饴的，甚至，也许人家不是不觉得幸福的——她的伴侣，虽是个因为“疑似劈腿”而不断上报的男人，却也是世上唯一一个能触碰到她心底最柔软的那一块的男人，不管是像我的朋友 A 小姐那样的民初文艺风调情，或者其他不为人知，而也不必让人知道的其他方法，总之，她在那男人身上找到了旁人找不到的好，而那就是他们之所以变成一对的理由不是吗？就算有些时候她有不为人知的苦，她第一没有鬼哭神嚎要大家“评评理”、第二没有哭闹上吊闹得社会鸡犬不宁，她喜欢、她甘愿，关我们外人什么事，老要指点人家“什么才叫真幸福”的我们，难不成真有把握自己过得比人家快活？

完美伴侣的组成，经常，是来自两个不怎么完美的人。

就像《欲望城市》里的史蒂夫，他没有才华也没有财华、胸无大志、一派乐天、没有主见，还动不动流眼泪，可是，他就是那个唯一能容忍米兰达的坏脾气，并且用他有点儿天兵又有点儿迟钝的温柔，锲而不舍地使米兰达不得不投降的人。

如果真有这么一个人出现，你不要吗？

我要。

即使他不完美，反正我也不完美，只要我们在一起很快乐，那就够完美了。

Chapter 4

原 来 爱
就 是 认 真

人生不是只有爱情，

但没有爱情的人生，谁都不想要。

相信爱情的人并不笨，渴望爱情的人并不傻，

最怕的就是那种不相信爱情却又渴望着爱情的人，

才是无可救药的。

当年，我们都曾经义无反顾

人生不是只有爱情，
可是，没有爱情的人生，你还要吗？

饶河街有一家非常出名的中医诊所，挂号难，难于上青天。

他们不接受当天现场挂号，只能预约，所以早上九点开放电话挂号时，我就拿起电话猛拨，听到那头正在电话中，就挂掉重拨、再挂掉再重拨。运气好的时候，连拨十几通就能打进去，运气背的时候，重拨到第八十多次依旧占线中也不是没有遇过。

“我觉得好悲惨喔！”我和一起去看中医的朋友抱怨。“原来我夺命连环‘扣’（call）的耐力随着年纪渐长，只不过，以前是为了男朋友，现在是为了看医生！”

朋友哈哈大笑，的确，我们谁没有过为爱义无反顾的青春呢？那个时候，只要爱情一有危机，我们就仿佛置身沸锅之中，煎熬无比。

那时候的我们最希望的，就是知道男人在想什么，以为只要获得看透男人的本领，就可以不再受骗、不再受苦。可是等到我们成熟一点儿，精明到即使在热恋的当下，也能分辨男人许下的承诺有些只是一时气氛使然，不能当真时，才知道这样也并不会比较快乐。

你再也不会被欺骗，并不是因为找到了一个不会说谎的男人，而是你不会在不该当真的时候认真；你再也不会遭遇那些黑天惨地的绝望，并不是因为你终于找到不会让你失望的男人，而是你懂得不对男人抱太多期望。

你发现，男人之所以能伤你的心，不是因为他没有良心，而是因为你对他付出了真心，否则，他再花心也好，再狠心也罢，都和你没有任何关系。所以你唯一能做的，不是哀求眼前这个男人不要离开，而是更爱自己，好让自己变得更美更棒，这样即使他离开了，你还会有下一个、下下一个对象。受一次伤，学一次乖，我们都慢慢变了。我们慢慢变成以前非常想成为的那种女人，转身就能真正不回头，不哀求，并且不回想，那一刹那才发现，我们的心已经老了，老皮老肉，所以才那样禁得起折磨。

以前我们只是怀疑某个男人而已。

但后来，我们开始怀疑爱情。

可是，你还是偶尔怀念以前的自己。

青春的时候，我们不怕丢脸，渴望爱情有什么好丢脸、期待被爱有什么好丢脸、迷恋帅哥有什么好丢脸？可是现在，我们记得自己的年纪，喜欢帅哥会被说肤浅、开口闭口都是爱情会被说花痴。

我们不再是风花雪月的少女，如果除了男朋友、鞋子、化妆品和星座之外，再也没有其他聊天话题，连自己都会瞧不起自己。于是我们开始谈论新兴市场基金和储蓄险，最常说的一句话是“人生不是只有爱情”。的确啊，人生不是只有爱情。

可是，没有爱情的人生，你还要吗？

去年我去参加一个朋友的婚礼，她和她老公是相亲认识的。他们不是不相配，只是我永远都忘不了她曾经对我说过：“学生时代谈恋爱，理直气壮问男友‘将来你会不会娶我’；三十多岁去相亲，却告诉自己‘只是交朋友’。”

原来青春，就是义无反顾地去爱，永远都有一股理直气壮的傻呼呼，想与心爱的人永远手牵手走下去。

当这份义无反顾的天真离开了我们的时候，青春，终于也就一去不回了。

少女情怀总欠揍

他不能当一个好男人，是他没本事，而你，还是可以当一个聪明、勇敢、有智慧、能为自己负责的好女人。

大概是因为电影《艋舺》太夯，所以那一年我因为贺年罐头短信又和阿凯联络上，他开口第一句话就问："你去看过《艋舺》没有？"

"看了啊。怎样？"

"你觉不觉得蚊子跟威仔好像？虽然威仔没有那么孬啦，威仔比较像志龙，你没去过他家，呵，超屌的！"他越说越嗨，什么鬼话都说出口。"前两天威仔才找我去喝酒，还带了两个传播妹，看他那个鬼样子，哪个女人敢嫁给他……"

“你这样还不是有人敢嫁。”我凉凉地损他。

“我老婆超讨厌威仔的，跟你以前一样。”阿凯哈哈大笑。“奇怪了，我的女人怎么都讨厌我兄弟？”

这大概是男人的通病，对于十多年前只拉过小手的初恋情人，到和他结婚为他生子的妻子，他们通通称为“我的女人”，并想尽办法归纳她们的共同点，可能是个性、可能是喜好，甚至可能是发型或内衣款式，好在脑袋里架构“后宫系统”，进而在自己的想象世界里称王。

嗯，重点不是男人令人诟病的沙文主义，离题了，重点是那个很“艋舺”的威仔。

我讨厌威仔绝对是有理由的，因为初恋的爱就像某些母爱一样盲目，共同点是永远以为男友（儿子）没有行为能力，所有的恶行都不是出自自己的本意，而是被坏朋友拖累，只要用爱“感化”，总有一天会幡然悔悟。

所以，当阿凯放学硬要跟威仔去“吐两竿”、当阿凯抛下我硬要跟威仔去帮朋友“乔事情[①]”，我完全忽略阿凯自己有脚，通通当成是威仔拿把尺子架在他老二上逼他干的。

因为我自以为是的爱，所以我非常认真地想感化阿凯，方

---

① “乔事情”，闽南语，指调解、仲裁、私了某些事情。——编者注

法则是无所不用其极地讲威仔坏话。

可是，那还是不能否认，威仔确实是个有趣的人，并且生活在一个我不理解，所以充满神秘感的环境。

威仔还真的住万华，更正，应该说，他父母离婚后，妈妈到南部工厂去上班，他年纪还小，没人照顾不行，就被托给了住在万华的舅舅。威仔的舅舅和舅妈在传统市场卖鸡肉，据说，这两夫妻感情好时，同抽一根烟同喝一瓶酒，只差没有一颗槟榔两人混着口水一起咬，但吵架时，舅妈拿着剁鸡的刀满屋追杀丈夫，丈夫无路可逃后，抓起桌上的槟榔刀，咻地飞射过去。

据说当时年方五岁的威仔吓哭了，以为灭门血案即将发生，然后，舅舅一把抱起他来，骂他："哭三小[①]？哭衰喔！""呜啊……你拿刀……射舅母……"

"靠夭啊！"他舅舅一口槟榔汁吐在水泥地上。"恁北拢马看厚准准，丢厚歪歪！惊三小？（老子都看准了的，她故意丢歪的！怕什么？）"

我猜想他舅舅和舅妈的感情应该是不差，因为前几年他舅妈四十岁时还生了个胖儿子，而这些事，则是我在威仔的皮夹里看见他和一个娇小长发妞抱着一个胖娃娃，大惊小怪地问他

① "哭小三"，闽南语，指"哭什么"。——编者注

时，他告诉我的。

“这是我表弟，那是我前女友。”他指着照片告诉我。“上个月分了。”

“为什么？”我问他。

“我们常吵架，她怪我老是为了朋友丢下她，女孩子嘛，就爱这样。”他看了我一眼，用那种“你心里清楚”的眼神。“上个月真的吵得很凶，就分了。”

“吵得很凶是怎样？”

“她说我对她大小声啦！××，我就只能大声啊，不然还能怎样？”

“谁知道你还能怎样？”

我瞥了一眼他手上纯银的手指虎，觉得照片里那个弱不禁风的女人真是性命堪忧，威仔也看到我的眼神，空烟盒立刻就扔了过来。

“我不打女人的好不好？你以为我是阿凯？”

“阿凯怎样？”

威仔又丢来一个“你心里清楚”的眼神，好吧，依据他们的“兄弟交情”，或许我不该意外，威仔连我曾经和阿凯上演过武打片段这件事都知道。

事情发生那一晚，我和阿凯在一个小公园，为了鸡毛蒜皮到我现在完全想不起来的事情吵架。他要走，我拖着他，他甩开我，我又拉住他，他说“你不要逼我”，我说“逼你又怎样”，他说“你再逼我，我们就分手”，我又说“你敢”，他说“你看我敢不敢”，然后，为了证明我比他敢，我就给了他一巴掌。

“我最讨厌人家打我巴掌。”他说，慢吞吞地，一字一句。“你打我哪里都可以，就是不要打我脸。”

“那又怎样？”

“不要打我脸。”他重复第二次。“不然你就不要怪我还手。”

年轻气盛，我怎么禁得起激，立刻又扬手给了他一巴掌。

然后，我人生中第一次体认到，原来男人的“说到做到”，在某些时候，不见得是种美德。

那一天我是哭着走回家的，阿凯跟在我后面拼命道歉，一整晚我的手机出现四十多个未接来电，还有十几条道歉短信，但我只是窝在棉被里，演我的悲惨内心戏。

恶魔说，他爱你就不会打你，天使说，你爱他还不是打他。

恶魔说，无论怎么讲，男人动手就是错，天使说，无论怎么讲，女人动手难道就对？

恶魔说，男人动手有一就有二，天使说，那你下次还会动手吗？

结果还没等到下次，我和阿凯就分手了，为了另一桩我现在也想不起来的蒜皮小事。后来我们偶尔聊天，他老是说“你是唯一……让我动手的女人”，那空白停顿的几秒还带着无限意在言外的暗示，我哪禁得起这种挑衅，想也不想就回他“你也是唯一……让我动手的男人”。

虽然我说谎。

如果我有这么天资聪颖、勤奋好学，受一次教训就学乖，我想，我的人生会比现在顺遂五百万倍。

第二次的经验，来自我大学时代的男友尼奥先生。

尼奥当时在饮料店打工，而我想，双手紧握着圆柱状的摇杯，使尽全身力气追求珍珠与奶茶的水乳交融，必定是骑马机杀很大的灵感源头。总之，他和那位骑，呃，齐姓女同事私交甚笃，经常上演温馨接送情、电话聊心情、患难见真情、河（淡水河）山（阳明山）万里情……以至于公司在安排烤肉聚会时，同事们一致同意由他担任齐小姐的马夫，顺便地，抹杀了我这个正牌女友的出席权。

我不特别喜欢烤肉，可是不想去和不能去，完完全全是不同的两回事，身为女友，防微杜渐的工作是绝对要彻底实行的，所以，想当然，我不让他去。

“如果你不喜欢我载别人，下次我会跟他们说。”尼奥安抚我。“但这次已经讲好了，不能不去。”

“就跟他们说你感冒拉肚子上吐下泻，不就好了。”

“已经说好了，我不去会造成人家的困扰。”

困扰？最大的困扰不就是齐小姐少了驮兽吗？“说来说去你就是怕那个女的没人载！”

“你一定要这么不讲道理吗？”

再吵下去他大概也不用去了，所以尼奥拿了钥匙、钱包就要走，我抢回他的钥匙，他又再抢回去，拉拉扯扯之间，我用力地推了他一把，还感受到指甲抓过他手臂时摩擦生热。

他瞪我，右手突然举了起来，而我，下意识举起手，挡住了头脸。

没有，预期的打击没有落下来。

“有蚊子。”尼奥慢慢放下右手，我也放下手，他摊开手掌让我看，里面没有蚊子，不过，有一只果蝇。“你以为我要打你？”

“我……”

“你以为我要打你。”他的眼睛慢慢开始变红。“你怎么会以为我会动手？”

他哭了。

从来都只有被男人逼哭的份儿的我，想都没有想过，有一天，我也有本事逼哭一个大男人。

尼奥后来没有赴约，他没办法对同事解释他的兔子眼，可是，他却拼命要我解释，为什么我把他看得那么扁、为什么我以为他会动手打女人。

我没法回答这个问题，那只是一个下意识的反应。反应了我心里其实很清楚地知道，自己根本不讲道理、任性、莫名其妙、几乎逼疯人家，或者换一个政治性不正确但却易于描述的词汇：我、欠、揍。

我不晓得别的女生怎么样，至少我自己，在二十出头那几年，现在回想，简直是任性的机车鬼，对爱情的认知完全错误，总以为“爱”就是“被爱”。

当时之所以并不察觉，一是因为年轻，有很多时间交朋友、联谊、玩交友网站，总是有人追、有人讨好、有人顺着我意搭我的腔，很容易就以为自己没有错。

二是年轻时的友情太热血，像《艋舺》的台词“拎北[①]只知道义气”一样，如果男人的义气是去帮朋友“乔事情”，那么女人的义气，就是不分青红皂白的同仇敌忾及同病相怜，明明是我乱吃飞醋，姐妹们说“你是因为爱他”，明明是我乱发脾气，姐妹们说“你是因为爱他”，可是易地而处，当乱吃飞醋、乱发脾气的人变成男方时，姐妹们会拉着我的手，坚定地说：“没关系，我懂，他是王八蛋。”

当然最重要的第三，难辞其咎的，是我愚蠢。

---

① “拎北”，闽南语，指老子。——编者注

原来，女人不一定是弱者。

就算在武力上，女人确实是，可是，有些女人，譬如当时的我，却很懂得恃弱行凶，咬定了“动粗的男人等于王八蛋”的观念深植于人心，自私地逼迫男人非得在“王八蛋”和“咬牙死忍”两条死路二选一。现在想想，当时的我简直幸运到极点，即便是最后终究还手的阿凯，他也很“节力”，节力到我根本没学到教训，才会在数年后逼哭另一个男人。

他们后来都过得不差，阿凯结婚生子，最新的烦恼是他想要个女儿，可是连续两胎都是儿子，尼奥出国后乐不思蜀，据他说，外国的月亮没有比较圆，外国妞的咪咪倒是又圆又大。

他们都不是完美好男人，阿凯一天到晚惹怒他老婆，已婚男人还和传播妹去唱歌喝酒，活该老婆带小孩离家出走，尼奥眼睛里只看得见大奶波，活该他妈六十五岁高龄了，还到小区大学勤奋用功，学会MSN和Skype(网络即时语言沟通工具)，成天叨念他快回台湾娶妻，绵延后嗣。

可是我也不完美，很多时候，我也很活该。

没有完美结局的爱情，最大的意义，就是从中学到教训。后来我每回和男友们吵架，都会想到阿凯的巴掌，和尼奥的眼泪。

男人的确不该动手，理所当然的，可是，女人也不该任性挑衅。

这两件事，并没有因果关系，而是我们面对爱情时，各自该尽的基本责任。

男人有男人该负的责任，女人也有女人该负的责任，因为男女平等，因为我们的肩膀，也该要扛得起自己的人生。“因为他那样……所以我这样……”的推脱句型，很抱歉，在爱情里并不适用，因为你有自主权，因为女人不再是那个只能被动承受一切的受害者。

他不能当一个好男人，是他没本事，而你，还是可以当一个聪明、勇敢、有智慧、能为自己负责的好女人。

然后，再用你一次次修正、学习后的美丽姿态，创造下一段更美丽的恋爱。

简单的恋爱

爱情的本质，从来都不是轰轰烈烈，
而是那些细微之处的感动。

年纪小的时候，总是比较任性。

我是说我自己，也当过那种卢佩佩的女朋友。吵着要对方接送、吵着要对方陪伴、吵着要过情人节。其实自己对如何过节根本没有想法，却逼迫对方“如果你爱我你就会想出节目来”，然后当他想的节目不中我意，又怪他“你一定不够用心，才会想出这种烂节目”……总之，又欢又卢[①]。

① “卢”，闽南语，指存心找碴儿，不可理喻。——编者注

就像某一回七夕，和当时的男友两人都逃课，跑到网吧去打了一天电玩。

我当然会怪他“七夕居然带我来打电玩”，可是，他会放下满屏幕的妖怪不杀去帮我买饮料，他会假装断线丢下组队的队员死活不管去帮我买便当，我们在网吧待了一天，吃了三餐加一次零食，都是他离开座位去买，一直抱怨七夕打电玩很烂的是我，可是屁股一直黏在椅子上不起来的也是我。

说到底就是不甘心。

不甘心别人的爱情轰轰烈烈，我却平淡如水。

不甘心别人什么都有，我却什么都没有。

尤其不甘心是姊妹淘聊起和男友怎么过情人节时，我只有“他带我去网吧打电玩”这种经历。这怎么讲得出口嘛，最起码也要在家里假掰[①]地煎煎什么安格斯牛排、开一瓶红酒、买一盒大概只会在情人节插两根、其余都丢掉的白蜡烛，然后才能假掰地炫耀说：“其实也没什么，我觉得过节最重要的是心意，简单就好”，一向能在居家杂志上说自己不喜奢华爱简朴的，都是住在大安区豪宅的有钱人，不是吗？

---

① “假掰”，闽南语，指一个人思想或行为很做作的意思。——编者注

没有一个女人，不曾期待过浪漫的情人节、精心设计的惊喜礼物，以及轰轰烈烈的恋情。

可是，这样的期待是哪儿来的呢？

也许看多了浪漫的文艺片，也许听多了情深爱浓的流行歌，可是我忍不住觉得，女人对于爱情之所以抱有那样深切的期待，是因为爱情给了我们当公主的可能。

立志当少奶奶的女孩儿们都很清楚自己要什么，她们知道自己一投胎就已经注定不是名媛，但只要钓到个小开，还是能晋升上流社会。当然，大部分的女生没有那么远大的抱负，可是，我们依旧希望能借由爱情获得一些平时我们得不到的东西，不够漂亮的我们，希望能够借由爱情而成为某一个男人眼中最美的女人，自小就平凡不起眼的我们，希望能够借由爱情，成为某个男人眼中最特别的存在。

我不只一次听男人说，他们最讨厌自家女友拿他们和别的男人比较，可是他们却不明白，女人其实不是拿他们和别的男人比，而是拿自己和别的女人比——我又不比她差，为什么她有的我没有？我付出的爱又不比她少，为什么她得到的却比我多？

轰轰烈烈的爱情，其实只是我们对不平凡的渴望。

忘记是哪个作家说过的了，只有日子太过平安顺遂的人，才会向往轰轰烈烈的生活。

后来我慢慢发现，真正会让人在偶然念及时猛然鼻头发酸的，从来都不是那些轰烈或者浪漫的桥段，而是生活里极其平凡却又无限温暖的小细节。

像早上两个人顶着一头乱发坐在快餐店，他从报纸架拿来最新的报纸，会主动把影剧版抽出来给我。

像两个人穿着拖鞋去逛夜市，他会毫无异议把我其实并不饿、只是想吃一小口而买的章鱼烧、烤鸟蛋，还有大肠包小肠解决完。

像我多么讨厌某一任恋人玩起电玩就像丧失五感一样，完全把我当空气，可是我每次想起他，都还是怀念和他一起在家里玩电玩时，他会把所有加等级、加血加魔的药瓶都留给我吃，在我笨手笨脚被怪物砍死而耍赖撒泼时，他说："好啦好啦你死了，那我也不要活了。"然后毫不还手地放任被怪物砍死，倒在我身边佯装殉情。

原来爱情的本质，从来都不是轰轰烈烈，而是那些细微之处的感动。

刺激及惊喜是很吸引人，可那从来都不是爱情所独有，要不你试试拿出所有积蓄到澳门豪赌一场，不管是一秒变乞丐，还是一秒变富豪，想必都轰轰烈烈得很；可是能在和对方相视一笑之际就感到幸福的，唯有爱情而已。

那需要多少的默契、了解，以及珍惜。

默契不是"原来我们喜欢的东西都一样"那种宿命式的浪

漫，而是对彼此的深刻了解。小时候喜欢和另一半花大把时间畅谈爱情观、婚姻观、人生观……好像这样就可以了解对方在想什么、知道彼此适不适合，可是那些原来都只是纸上谈兵。

就像买了乐透以后拼命计划中头奖钱要怎么用一样，在你没真正中奖之前，那些计划都只是废话。

我不再期待轰轰烈烈的情人节，倒是挺羡慕某位会和男友互开礼物 List（清单）的朋友。

她说她和交往多年的男友会在节日互相开一张礼物 List 给对方，有一年她迷上 LC 锅具，但男友总以“你只会煮泡面加蛋”为由阻止她买。圣诞节时她在礼物清单上写上 LC 锅具，终于如愿以偿，可是她打开包装盒才发现，里头还藏了几本食谱，以及男友事先开出来的情人节礼物清单：“用 LC 锅具煮的情人节大餐。p.s. 至少要四菜一汤！”

“太机车了！”她抱怨着，眼角却含着笑。“老娘一定要毒死他！”

也许，在这个乱七八糟的世界里，爱情像我们种在窗沿的那几盆小盆栽，开着小小的几朵花。

如果你奢望它改变世界，最终要失望。

因为爱从来不是魔法，不会点石成金，但爱是一种力量，带给我们面对世界的勇气，以及“只要努力，明天会比今天更幸福”的希望。

缘分到了吗？

其实单身的人过得不是不好，只是看着那些曾经信誓旦旦说过“单身万岁”的人头也不回地走入婚姻，总忍不住有一种被遗弃的恐慌。

2011年8月，刘若英公布结婚消息，我身边所有的大龄单身女性朋友，都像是被雷打到一样。

这一年有太多女明星结婚了，可是，一样是女明星结婚，带给女人们的冲击，就是不一样。譬如说像大S结婚，虽然嫁的是多金帅气的小开，可是“女明星与富二代”本来就像是一种约定俗成的公式，更何况媒体老是将大S塑造成一个向往婚姻的女人，她很漂亮、很注重打扮保养，除了是想把自己打理好之外，不是没有一点儿吸引异性的目的。

总而言之，大 S 的婚礼看在女人眼里，就是她很想嫁、她也嫁了。当然，得偿宿愿也是一种幸运，毕竟想嫁却嫁不掉的人很多，可是她毕竟是大 S 又不是普通人，长得像公主一样娇弱美丽还嫁不出去的话，咱们这些死老百姓干脆全体跳河自杀算了。

可是刘若英不是这样啊。

那是唱《为爱痴狂》的刘若英。

那是唱《一辈子的孤单》的刘若英。

那是上新闻版面从来不跟爆乳、艳遇之类充满费洛蒙的词语连在一起的刘若英……

讲起来我们这些彻彻底底的局外人其实很无聊，人家结婚到底干卿何事，标准地看人家吃米粉却在喊烫，可是也许那就是一种投射吧，在一条不确定的道路上，总需要一个标竿或者楷模，让我们相信依循着这条道路可以走到幸福，才有努力的动力。

我们见到很多幸福人妻的例证。

但却没有幸福单身老太太的例证。

被长辈逼婚的经验，很幸运地，我没有。

对我来说，真正会让我感觉到“结婚与否”的压力的时候，竟然都是朋友发喜帖的时候。

真正的好友要结婚，那当然是满满的祝福，无须多言，但不算太好的朋友——用一个比较现实的分类法吧，就是红包不超过两千元的那种——要结婚时，才真正让人头疼。我最记得一次一个旧时同学说要结婚，大家满口恭喜之余，她突然转头问我“有了以结婚为前提的交往对象”没有，我笑笑说“没有”，而她说：“也对啦，你一天到晚在换男朋友不是？”

我才没有一天到晚换男友。

我只不过是换得比她频繁了一点，像她那样跟第一个男友结婚的人才是少数吧？以前她抱怨那个男人的话我都还记得呢，她曾经把那个男人嫌到一无是处，也曾经笃定地说过她才不会嫁给他，那为什么现在又可以用一副从一而终的高尚态度批评我？

为什么有些人一旦结婚，就是一副胜利者的姿态？

在这个年代，自小就立定嫁人是会被笑的，又或者是物以类聚吧，像我这种自以为是又伪女性主义的人，身旁朋友多半也是这样的个性。以前和朋友们讨论起婚姻，总像是洪水猛兽，你一句“如果我要结婚，绝对家务事要一人做一半”，她一句“他妈又没有养我，叫我去他家当台佣，想都别想”，谁再一句“我也有工作、我也有梦想，又不是生小孩儿机器”，一人一拳将婚姻打入地狱。

可是后来她们都一个个嫁了。

那一年收到的喜帖，简直可供我写一篇各家餐厅宴客菜色大评比。

她们的对象，很多看起来也不做家务事、在家排行还是独子、婚后肯定要跟公婆住，嫁都还没嫁呢，新娘喜欢的宴客厅就被打了回票，变成南部的流水席。人家都要嫁了，无论如何我是不能白目地找碴儿，提醒她当初说过的那些豪语，只是在明明熟知她们的恋爱过程并不惊天动地，却被柔焦美化成婚宴上播放的浪漫影片，最终做出“这就是缘分”的结论时，忍不住衍生出无尽的疑问。

是吗，是真的只是缘分到了吗？

还是说所谓的“缘分”不过是外交辞令，是你们也害怕孤老终生，所以终究选择了妥协？

其实单身的我过得很好。

只是，在一点一滴流逝的时间里，看着那些曾经信誓旦旦地说过“我才不要结婚”的人头也不回地走入婚姻，总忍不住有一种被遗弃的恐慌，就像中学时老师说要请大家吃饭，每个人都跟你说“我才不会去”甚至“我才不屑跟老师吃饭”，结果最后大家都去了，只剩你一个傻傻地没参加一样。

虽然一直告诉自己，有些事不是赶流行，别人有你就要有，有些事情不用合群，别人怎么做你就得怎么做，重点是“知道自己要什么”——可是，这种类似励志格言的话，终究只是句格言，毕竟面对婚姻这回事，从来没有拥有过的人，又怎敢笃定地说，自己究竟是要或不要。

有种幸福不是我的

所谓“不合”，
不过是不肯配合的简称而已。

茜一直很喜欢莫文蔚。

失恋时她会唱《他不爱我》，遇到三角恋时她会唱《两个女孩》，连根本没人唱得好、一点出来必定解嗨的《阴天》，她都能唱得大家叹息。

只有一首歌，是她怎么都不肯唱、连她朋友都不会在她面前点来唱的。

《爱》。

那歌让她想起她交往过的最丑的男人。

公允地说，其实阿东并不是真丑，他只是不完美，而又不肯试图遮掩，老把“内在比较重要”挂在嘴边，然后理所当然地放弃外表这个明明只要稍事努力就可以升级的部分。

他额头有点儿高，但每当茜建议他用刘海儿遮掩时，他会说“我又不是娘们儿”，他上半身长了些，所以裤子一松就显得腿短，但他说“裤子穿那么紧很娘”，他拒绝买潮流帆布鞋，因为“说正式不够正式、说运动打球穿也不舒服”，他拒绝买真皮斜背包，因为“我又没有东西要装，背那个干吗”，他还拒绝配隐形眼镜甚至连黑框眼镜都不要，因为“看得清楚就好”。

茜简直要崩溃，她的感觉就像是看见忧郁型男把自己整成了路人甲，偶像剧男主角自甘堕落地跑去演长寿剧，无端糟蹋自己。

她知道阿东不丑，她真的知道，可是光她自己知道不够，她的朋友不知道、路人不知道，旁人只知道他们站在一起百般不搭、万般不配，像顶级松露被摆上了流水席、干邑被拿来牛饮，糟蹋糟蹋糟蹋。

“你如果嫌我丑，干吗跟我交往？”阿东不止一次这么说。

“我没有觉得你丑。”这是茜的真心话，她真的没有。“我只是觉得你明明可以更好！”

“我已经觉得自己很好了。”

可是茜不觉得。

茜小时候也并不漂亮，自然卷又有发禁的下场是她整个中学时期都和“爆炸妹”这外号脱离不了关系，晒得稍黑还会有人叫她乌比·戈德堡[①]，而且这样取笑她的多半还是男同学，虽然嘴里很大声地说自己最讨厌臭男生，可是在少女情怀初开的中学年纪，不是不让她害怕自己一辈子没人追的。

后来一毕业，茜立刻去烫了离子烫，没想到这一烫居然让她摇身变成了清纯女孩，第一个追求者终于姗姗来迟地出现在她生命里。

茜知道自己不是那种天生美女，她很认真打扮，也很认真学着该怎么打扮，中间也经过因为太在乎外貌所以妆太浓、发色太浅、衣服太露的“槟榔西施”时期，最后终于摸出一点儿心得，那就是“用力地让自己看起来像没刻意打扮”——现在她的头发是深栗色，不是全黑所以不会厚重，但不讲没人看得出她有染过，她不再买最白一色的粉底把自己的脸当墙涂，但深浅色修容饼一共有三块，她有胸有腿但露了下半身就绝对不再穿低胸，不再怕别人不知道她漂亮似的尽全力强调。

---

① 乌比·戈德堡：著名黑人女星，代表作品为《修女也疯狂》。——编者注

她成功了，她现在绝对是水平之上的漂亮女生，这点从追求她的男人多半有型有款可以证明，好看的男人会看上的绝对是好看的女人。阿东是她的阴错阳差，可是她并没有因此而匆匆逃逸，她虽然嫌他够不上标准，但她是认真想经营的，她喜欢他的善良，喜欢他负责任的态度，她没有不重视内在，可是为什么有内在的阿东不能为自己的外在努力一下？

后来她跟阿东当然是分手了，导火线是阿东爱上了另一个女人。

“她有什么好？她比我好吗？比我漂亮吗？”她逼问阿东，虽然她根本就觉得凭阿东此刻这副模样，不可能追得到比她更好看的女人。

“你问这个干吗？”

“你要甩掉我，总得给我一个理由吧？”

“我觉得我们个性不合。”阿东说。

这是敷衍，茜觉得。世界上哪可能有两个人是想法完全相同的呢？更何况如果真是个性不合，那为什么早不发现、晚不发现，偏偏在别的女人出现之际发现？所谓“不合”，不过是不肯配合的简称而已。

阿东不说，于是她自己查。这一点儿都不难，忌妒会让女人变成黑客，她找到了那个女人的几张照片，是不丑，但也不美，没有她漂亮、没有她有品味、没有她精致、没有她聪明。

茜猜阿东只是对他们之间的恋情腻了，所以想换个新对象，但他无论如何也找不到比她更好的，只得屈就。

她不是不伤心，分手谁不会伤心，可是这又不是第一次恋情不顺，更何况，她又不是输给那个平凡无奇的女人，她只不过输给了新鲜感，而风水轮流转，总有一天那女人也会败在这一点上。

直到很多年后的圣诞节，她在信义三越撞见他们。

圣诞夜人真的太多，原本无论如何是注意不到其他路人的，她会注意到，是因为身旁的男伴突然指着旁边不屑说："哇靠，哪里来的乡下佬！"

她顺着男伴所指的方向看过去，的确，是有一对很引人注意的情侣。引人注意的原因并非是他们的长相或穿着，而是行径。女方非得要站在圣诞树前拍照不可，还大声地要求男友退后一点儿好把她和圣诞树一起拍进去，天晓得这棵圣诞树这么高，她的男友得退到多后方？

路人大概被他们像站在巴黎铁塔或是埃及金字塔前的兴奋吓到，纷纷让出位子，于是整条路更加拥挤，没想到她拍完还不够，两人角色对换，换男方站到了圣诞树前……

"是以为自己在拍《GQ》(《智族》) 封面喔？"她的男伴嗤哼。"难道这一期主题是观光客吗？"

男伴的话酸得很好笑，茜知道，她平常也是会讲这种话的人，可是这次她笑不出来。

她认出来了，那是阿东。

阿东不难认，还是始终如一的平凡，和他的女人一模一样，两个人头凑着头看着刚拍的照片，笑得欢畅莫名。她最讨厌他这种行径，从以前到现在都是，在百货公司看到衣服标价稍贵就嚷嚷的大小声，在路边看见一辆跑车也要大呼小叫，活像个没见过世面的蠢蛋。

可是在这一刻，她觉得自己简直看见了阿东和那女人五十年后的未来，老得脸上如风干橘皮的他们挤上地铁，大呼小叫告知彼此“那里有位置”，势在必得的专注惊得所有乘客自动让出一条路来，就怕这两个死要位子的老家伙为了强抢而摔断一把老骨头……

茜很疑惑，她感觉自己过了“上帝为什么要让我被男生嘲笑”的丑小鸭中学时期后就没这么疑惑过，两个俗透了的老人携手抢搏爱座算是白头偕老吗？两个贪小便宜的老人一起在地下超市猛试吃算是真爱吗？这样的气味相投算是个性合吗？

这样，算是幸福吗？

“喂，走了啦。”

男伴的拉扯让她回过神来。她看着他，她不知道什么叫幸福地白头偕老，但她知道她不会跟这个男人白头偕老。他们看上去很配，每个人都说他们很配，可是，她和这个男人，从来都没有因为同一件事全心投入、开怀大笑的幸福。

她脑袋里一直盘旋着几句歌词：尽管我得到世界，有种幸福不是我的。

幸福，真的不是她的吗？

你怎么可以这样对我？

我们放不下的，从来都不是那个人，或那一段感情，而是不明白自己并没有做错什么，何以却遭受到那样的对待。

你有过不知做错什么，却突然遭人冷落，甚至怨恨的经验吗？

我有。

几年前交往过的男人，有天突然拉黑了我。

其实一开始我并不知道自己被拉黑了。分手后虽然我们还维持着淡淡的友谊，但终究各自有各自的生活，一两个月也搭不上一句话是常事。会忽然察觉这事，是因为有天我在另一个朋友的脸谱网上看见他的留言，才知道他注册了账号，可是，我却没收到他的交友邀请。

循线查下去是很容易的事，每个女人在感情事上都是最优秀的 CSI[1]。我发觉他不只有了脸谱网、噗浪，也换了智能手机，可是我的 App 和 LINE（连我）名单上都没有他，肯定是他删了我的电话号码。

我考虑着要不要问他是怎么回事，却发现无论早晚，他在 MSN 上的人头永远是灰的。

Why? Why did you do that to me?（为什么？你为什么那样对我？）

有些英文不佳的人，会在喝醉酒时突然讲起英文，而我这个英文破到不行的人，却总是在错愕至极的时候，在心中跑出英文 OS（独白）。确认自己被他列入拒绝往来户的当下，我确实错愕得比听到猪会飞还傻眼。我翻出对话记录，确认最后一次的谈话内容，不过就是他问我之前去妈祖玩儿住的是哪间民宿……这样牲畜无害的话题，任凭我想破了脑袋，都不知道是哪里得罪了他。

那好吧，人生很多时候就是这样，你永远不知道别人为什么无端厌恶你，但这样的经验多了之后，却清楚知道撕破脸

---

① CSI：原为美国电视剧 Crime Scane Investigation（《犯罪现场调查》），此处指女人在遇到感情危机后，会化身为侦探，成为最优秀的侦察员。——编者注

去质问对方“为什么”，只会得到“没有啊你想太多了”这样暗指你有被害妄想症的回答，完全是把自己的脸凑上前去任人打。

横竖也就是个比普通朋友还疏远些的旧情人，不联络就不联络，稀罕吗？

在平白无事招人嫌的同时，能忍着不找上门吵架，我自认为已经不能够再更理智了。可是，在偶尔看见他的名字出现在朋友的脸谱网上时、在翻找电话簿不经意看到他名字时、在整理旧短信看见以前的内容时……只要见到和他有关的一切物事，我就是忍不住在心中爆出那句英文OS。

就这样过了近一年，有个女生朋友突然打电话给我，说她去参加婚礼时，意外遇见了他。

“我跟他也不熟，就是以前你们在一起时，见过几次，所以遇见他很自然就提起你。”朋友这样说：“结果他女朋友脸超臭的。”

“然后呢？”

“他私下跟我说他女朋友不喜欢你，所以很久没跟你联络了。”朋友说。

好了，原来猪不会飞，是被人在脖子上绑了圈钢丝，上吊了。这只是有点儿尖酸的玩笑，可是听见朋友解密的那一刹那，我背上的毛孔全打开了，冒出了薄薄的一层汗，像是临时有个重要会议，走到开会地点楼下却发现简报不知放哪儿了，翻遍包包才发现被夹在杂志里时，那种浑身松下来的释放感。

原来我没有得罪人，更没有看错人，愿意为女朋友做出如是牺牲，确实像我当年认识的他。

那天晚上，我终于删除那个很久没绿过的灰色小人。

可在他彻底消失在名单上的那一刻，我突然觉得自己这一年来的郁闷简直愚蠢得好笑，因为我根本没有这么在乎这个人，否则，我不会舍得删除他。

其实在他不理我之前，我们也几乎是只剩节日时互传罐头短信的情谊了，没事不会聊天，而即使有事，只要还有别人可以找，我也不会找他。那样的友情——如果还能用这两个字称呼的话——薄弱得像一条线，没有人去剪，迟早也是自然会断的，而我却为了一个其实我也并不怎么想搭理的人，闷了一整年。

原来很多时候，我们放不下的，从来都不是那个人，或那一段感情，而是不明白自己并没有做错什么，何以却遭受那样的对待。我们的潜台词，经常是“你怎么可以这样对我”而非“你怎么可以不爱我”，你知道吗，我们没有那么稀罕对方的爱，我们稀罕的，一直是公道的对待。

可是“公道”是什么呢？

之前电视上报过一则新闻，说有个人不满自己买到的盆栽不出一个月就死了，气愤店家没有事先告知该如何照顾，一怒之下状告到了消基会（消费者文教基金会）。两边风风火火地闹了好一阵儿，最后消保官判决店家需得赔一盆同样的盆栽给他，那盆栽，售价九十九元。

不知道那个人在辛辛苦苦得到“公道”之后，会不会觉得快意？还是会在看着那盆栽时，突然觉得自己是失心疯了，这样死争活争地闹了这么久时间，就为了一盆残花败柳，何必？

我不是那种会在书桌前贴“忍字诀”的人，那种佛偈似的道理，从来感化不了我冥顽不灵的灵魂。《甄嬛传》里说“有时候不争，比能争、会争之人有福多了”，只是那个“有时候”，究竟是“什么时候”？

我想，大概是那个争夺的目标物于你而言根本不重要的时候吧。

那些待你不好的人，即使后来待你好了，你还要吗？

如果不，那么那样多的心机算计，只不过是劳心劳力地争到一包垃圾，然后，转手再丢掉罢了。

再也不想白白伤心了

也许我们并没有失去爱的勇气，
只是学会了更加珍惜爱情以外的东西。

朋友刷下了一个想要很久的手拿包，银灰色小羊皮菱格纹，折扣后还要将近两万元。

“你记得我曾经跟你说过我很喜欢这个包吗？”在前往餐厅的路上，朋友看着这个包直叹气。

“我记得啊，你上次说你真的很喜欢，只是太贵了，而且派上用场的机会又少，所以你决定把它放在‘失去理智时的购物清单’里，这样就算一时冲动花了大钱，至少也是买到自己真正喜欢的东西……”我越说越觉得不对劲儿，终于慢半拍地抓到重点:“所以，是什么事让你失去理智了？”

“我跟他分了。”

朋友的语调平静得像她刚刚说的不是分手，而是早餐吃了馒头夹蛋一样，我知道她伤心，谁分手不会伤心，可是我的嘴巴打开合上、又打开再合上，竟然没法安慰她。

因为，我竟不确定她想不想被安慰。

如果说失恋和结婚是完全背道而驰的两件事，那么这两件事却奇异地有一个共同点，那就是“场面可大可小”。我记得中学时公民教育老师曾给我们出了个作业，要我们到法院去旁听开庭和公证结婚，说真的，如果不是举行公证的那个房间安着一个像海鲜餐厅一样用灯管缠绕出的囍字，我完全看不出来哪一间是在打官司，而哪一间是在结婚，因为不管是新郎新娘，还是原告被告，都面无表情，和法官一问一答，完全公事公办。

原来情绪是需要一个诱发点，才会引爆出来的，如果不在迎娶前安排拜别父母的场面，新娘可能就不会痛哭流涕，如果不在喜宴上播放新郎新娘的成长过程，双方父母可能就不会老泪纵横。同样的，如果失恋时不要点《分手快乐》就能嘻嘻哈哈像平常一样在KTV狂欢，如果朋友不要拍拍我们的肩说“你一定会遇到更好的人”我们就不会眼眶泛红，那为什么不能让我们若无其事地撑过去？火眼金睛和伤口面对面，也不能叫创伤愈合，只不过是徒然多了一分自怜，让我们在难过之外，更加觉得自己不堪，不是吗？

有些心事就像是潜藏在湖底的水怪，只要你别手痒地在水面上拨弄，它也就安安静静地在湖底沉潜，即便它偶尔翻身，让你的眼睛不经意溅出两滴泪，拭去也就罢了。要说这是逃避，也未尝不可，但硬是把那只自己对付不了的妖怪唤醒，打得两败俱伤，难道是你要的勇敢？

装坚强或许无济于事，那放任自己软弱就能解决问题吗？年纪小的时候，我们都曾经很软弱，和心爱的人吵架，哭得两眼红肿灼痛，没法上课、没法上班。这种爱上一个人就搞砸一切的风险太大了，吓得我们不得不急速学习坚强。

然后才发现，我们是变得比较坚强了，但是幸福并不是坚强的 bonus（红利）。

我们并没有学会什么更厉害的恋爱技巧，只是停止了钻牛角尖儿，不管是一旦吵架就哭得天昏地暗的以前，或者是即使分手隔天也能从容在公司做简报的现在，我们要的东西一直都一样，就是传说中的幸福和爱。唯一不一样的只是，以前你因为失恋而无心正事的时候，会哭天喊地地问为什么，现在你因为伤心而无心正事的时候，会干脆把积了好久没空看的小说和影集一口气看完。

有时候，你一边骄傲着自己“即使伤心也不会荒废人生”，一边又觉得这样的骄傲十分无稽和荒凉，因为我们之所以想变坚强的初衷，是想证明给他看，是想让他知道我们没有他也能活得很好，可是等你费尽全身力气终于变得坚强的时候，才发现他的眼底既然没有你，那你是软弱还是坚强根本都不关他的事，只剩你自己一个人对着镜子里那张笑得很虚的脸，他看也不看，而你自己都看不下去。

可是，难道你还想做回十多岁那个动不动就失控的自己吗？

以前我也会在伤心时哭一整个晚上，现在我会吞一颗安眠药然后去睡觉，因为我虽然不能叫心不要痛，至少能让眼睛不要跟着痛。

以前我也会在焦虑时歇斯底里地翻查男人的脸谱网或博客寻找蛛丝马迹，现在我会干脆关掉电脑，约朋友出去唱歌逛街，既然我无法阻止自己在知道真相时崩溃，那我就阻止自己知道真相。

还有，在被感情伤害的时候，我会疯狂地打开笔记本记下所有的心情，如果非得伤心不可，那至少要让自己的伤心还有些利用价值，最起码可以写出个三五篇稿子，哪天缺乏灵感时，这些伤心的心情，可以挽救我专栏开天窗的命运。

我们不要白白伤心，

我们不想白白失恋，

如果注定非要失败不可，那也得从中学到一点儿教训。

因为不管是真心、爱情，还是时间，我们都再也浪费不起。

原来我们没有办法挽回的，从来都不只是爱情。

我们没有办法挽回的，还有时间，还有过去的自己。

失恋的朋友在半年后终于可以拿这件事出来谈笑风生，她说，她当初躺在那张只剩一个人的双人床上，不是不觉得自己“在失恋的当口想疯狂血拼，竟然还能顾及实用性”的行为十分悲哀，连失恋时都不敢放任自己任性，这样死忍也不会获得勋章，简直含冤莫白。我笑问：“但你现在一定觉得这份理智该死的有用极了，对吧？”她哈哈大笑点头如捣蒜，说出了一句名言：“难过只是一阵子，但人生要过一辈子。”

我们都害怕失去勇气。

如果说连伤心都不敢放胆哭泣是成熟的证明，有时候你不确定是否喜欢长大后的自己。

可是，也许我们并没有失去爱的勇气，只是学会了更加珍惜爱情以外的东西。

毕竟爱情来了又走、走了又会来，只要我们坚定地站在这里，迟早有一天，幸福会来的。

我们都是中古货

相信爱情的人并不笨，渴望爱情的人并不傻，最怕的就是那种不相信爱情却又渴望着爱情的人，才是无可救药的。

前阵子有个挺可爱的网友留言给我，她的苦恼是：她不是她初恋情人的初恋情人。

她不是那种胡闹着说“为什么我不是第一个”的人，她也不是要和恋人的前女友们比较，她只是觉得主导权好像都在对方身上，而她却不知道自己到底要什么，对方也不是不愿意将主导权交棒给她，可是，她却又不知道该怎么做。

当然这些问题可以沟通，当然有爱就可以互相包容，可是我却忍不住想，这种因为第一次经历而产生的兴奋、新奇，却没有一个和你一样兴奋的人可以分享，该有多扫兴？

就好像第一次出国的你，旅伴却是护照已经换了好几本的朋友。

你过海关时慌慌张张，明明对方没有笑你，但你却忍不住觉得很窘，好像自己是什么都不懂的笨蛋。

你上飞机时兴奋地看着窗外的云层，一转头却看见对方已经在闭目养神，溜到嘴边的兴奋言语只得讪讪然地吞下去。

你在纪念品店对钥匙圈、明信片、缩小版的地标模型爱不释手，对方却说买这个没用，“我以前也买过，后来都变垃圾”……他没有恶意，你理解，他一片好心，你知道，可是他对一切像走自家厨房的处之泰然，对比你刘姥姥逛大观园似的兴奋，怎么说呢，就像是兜头一盆冰水，十足十的败兴。

谁都没有错，可是，谁叫第一次的兴奋，就只有那么一次呢？

理智上他能了解你因为第一次而产生的彷徨、兴奋和好奇，他也还记得曾经他和现在的你一样，可是就像东西使用过了，必定留下痕迹一样，再怎么大唱*Like a Virgin*（《像个淑女》），宛若新生也不等同于真的刚出生，不是吗？

我有个电脑技术很强的朋友曾说过一段很有趣的话，他说，人的脑袋就像电脑的硬盘一样，安装过的程序即使杀掉了，仍然会留下登录信息，你找不到它在哪里，但它确实存在，你以为它没有功用了，但当你哪天又安装新软件，保不定两者相冲，就给你来一个绝地大死机。

“也该死得太有道理了吧！”我大笑，“所以说程序不能乱装，恋爱不能乱谈啊！”

他回答：“那你要一个什么软件都没有的硬盘干什么？觉得人生一片空白不如归去的时候，砸爆自己的脑袋吗？”

对啊，人生不就是这么无奈但又有趣的一回事吗？

当我们遇见下一个恋人，明知道全新的开始该用全新的态度去面对，但偶尔就是忍不住要拿他和上一任恋人比较。

当我们在下一段感情里又遭遇类似问题，突然记起前朝被蛇咬的痛苦，忍不住变得神经质甚至歇斯底里。

我还记得第二个为我下厨的男人，当他在厨房里弄得满头热汗时，我知道他是用心的，我也觉得自己应该感动，可是这毕竟不是第一次有男孩为我下厨了，更惨的是他的厨艺还不怎么样。

其实第一个为我下厨的男人的厨艺也很糟，可是因为那是第一次，所以新奇感弥补了一切，而第二次时已没有那份新奇感，于是我只好假装感谢、只好硬撑着吃完，整晚对着他期待被夸奖的眼神，努力做出惊喜不已的表情，可是心里却盘旋着一堆乱七八糟的想法，一下子是“他辛苦付出而我居然不感动，真是不应该”的自我反省，一下子又是“如果我不佯作开心感动，说不定再也不会有下次了”的恐惧，一下子又是“明明就不好吃为什么我得委屈自己”的无奈。

而站在男人的立场，是否也一样呢？

你送给他的围巾是花了三天三夜织的，他心里明白，可是那不是他第一次得到女友织的围巾了，之前得到的那一条，花色款式也不比你织得差。

你腻在他胸口撒娇时的可爱，他确实心动，可是那不是他第一次感受到这样的幸福了，而上一个让他感觉如此幸福的女人，最后又为什么变成无聊的责任和负担？

那些悬而未决的问题，他不知道，你也不知道，为什么幸福这么容易失去，为什么爱情总是不如预期，我们谁也不知道，只能在一次次的挫折中，慢慢损耗、慢慢疲乏。

有些人的信任功能故障，有些人的诚实开关秀逗[①]，有些人的真心开始betray（出卖），还有些人的防盗警报器坏了，不过是一只猫路过，它都要紧张兮兮地喔咿喔咿，杀猪似的尖叫。我们，都是恋爱市场里的中古货。

就是因为心痛过，才知道那有多疼，就是因为受伤过，才更加害怕受伤，可是我想，面对爱情，我们可以小心，却万万不能丢了真心。

毕竟相信爱情的人并不笨，渴望爱情的人并不傻，最怕的就是那种不相信爱情却又渴望着爱情的人，才是无可救药的。

---

① “秀逗”，台语，指人脑子有问题或脑袋短路。——编者注

我们不是彼此的遗憾

和旧情人建立友谊，
其实是一种和过去的自己和解的必经过程。

情人在分手后第一次打电话给我时，很奇妙的是台词总是同一句：“你最近在干吗？”

每次我听到这个问题，总有一瞬间的怔愣，不知道该怎么回答才好。有时候，在和他分开的这段时间里，我们的人生有了一些改变，例如换了工作、搬了家、护照上多了哪个国家的入境章……我们不是没有事可以说，可是，却不再确定这个人还能不能分享我们的喜悦或哀愁。

又有时候，情况相反，在和他分开的这段时间里，我们的生活乏善可陈，和当初没什么两样，这时心里又憋着一股气，不想让他知道我们毫无改变，好像少了他之后就不再精彩。

写成剧本可能要三大页 A4 才能演完的剧目，在女人的内心里搬演一遍，只需要三秒钟，所以，我总是快速回答："没干吗啊，那你最近在干吗？"

"也没干吗啊。"他们会这样回答。

然后，就是长长的尴尬与沉默。

于是我总是在想，为什么，我们会希望跟旧情人当朋友？

在我们还沉浸在分手的悲伤里的时候，和旧情人当朋友，是极其受伤的一件事。

如果他温言软语、小心翼翼地问你好不好，你不会开心，也无力领情，只想对他大吼"不好不好不好，我不好都是你害的，你还敢问我好不好"。

如果他从此消失在你的世界里，连句敷衍的问候都不再有，你也不会开心，那种分手之后对方居然手刀加速逃逸，把你当成不祥的脏东西，深怕你又缠上他的无情，更让人觉得羞辱。

他打来也不对、不打来也不对，他口气一如以往温柔不对、他的口气变得冷漠疏离也不对，因为我们还接受不了分手的事实，所以他说什么都不对。

可是，当我们已经不再为分手悲伤，和旧情人当朋友，就容易了吗？

你敢摸着良心对天发誓说你们只是朋友，可是你的新恋人却不一定认同。

你敢摸着良心对天发誓说你一点复合的念头都没有了，可是听他说起和新恋人的甜甜蜜蜜，又不禁有点儿酸溜溜的，觉得他以前对你也没这么用心。

曾经我和某位昔日恋人讨论着彼此好久没见，应该要叙叙旧，两个人讨论半天没共识，末了他说“不然就去以前常去的那家咖啡馆吧”，那瞬间，在那家咖啡馆里所有的回忆都涌将上来，我们曾经在那里吵过架、曾经在那里拉过手，感情好的时候，他会和我一样都点一杯维也纳咖啡，然后，我拿着小汤勺偷舀他的鲜奶油，他会帮我喝掉冷了以后就显得涩苦的咖啡……

我不知道这到底算是想念，还是只不过是想起，我不知道分手之后再见面，各喝各的咖啡会不会显得太刻意的疏离，分享彼此的口水又会不会太逾矩，最后，我在那么一家以现磨咖啡闻名的咖啡厅里，点了一杯莫名其妙的水果茶，至今我还记得那味道，喝起来像是马偕医院小儿科的感冒药水。

全世界大概没有一种“友谊”，是这么麻烦的。

如果我们学不会将自己看他的角度，从情人调整为朋友，即使旧情人释出再大的善意，这段友谊，我们还拥有不起。

可是即使这么麻烦，我们仍旧乐此不疲。

我不知道别人是怎么想的，但于我而言，和旧情人建立友谊，其实是一种和过去的自己和解的必经过程。

只是想要证明，我们的恋情之所以失败，不是他不够好，也不是我不够好，纯粹是我们不适合。

只是想要证明，我们都很好，我们只是运气不好。

希望总有那么一天，我们都会好。

我们会好到对方不会再开口问“你好不好”，因为不用问都看得出来，我们真的都过得很好。

总有一天，我们能用更理智的态度，去面对旧情人。原来我们不是彼此的遗憾，而是彼此在感情路上的教训，只是希望，我们都比当年要更成熟，已经犯过、并在对方身上尝到苦果的错，都不必要再一次经历承受。

原来，爱就是认真

虽然我们失去了年轻时的天真，
可是仍要像年轻时一样的认真。

我的朋友凯特正在和一个小她八岁的男孩儿交往。

不，这不是在演《败犬女王》。事实上，快三十岁的凯特并不想结婚，反倒是正在等入伍服兵役消息的小男友对未来充满热忱，不停地计划着退伍后要怎么存钱，信誓旦旦地说，只要让他工作两年，他便会在凯特变成高龄产妇之前，将她迎娶进门。

对于小男生一腔热血的承诺，凯特与其说是感动，不如说是感叹，她毕竟比小男生多吃了几年饭、也多谈了几段恋爱，很明白计划永远赶不上变化的道理。她用一种过来人的口吻告诉小男生，说热恋时的承诺多半只是一时冲动，从来都做不得准，没想到小男生却生气地对她说："你为什么不相信我？""我不是怀疑你，只是过去的经验告诉我……"

"我跟他们不一样！"小男生打断她，"我知道你受过伤，但我不会再伤害你！"

凯特忍不住嘀咕："这种话我也不是第一次听到……"

"就跟你说我不一样！"

小男生不仅坚持他不一样，还坚持他能用"爱"治愈凯特那不相信爱情的毛病，为了对症下药，他一再追问凯特的旧恋情，在追问未果之后，干脆变成侦探，将凯特曾说过的蛛丝马迹和她的脸谱网，甚至博客文章做对照，把凯特几个前男友都指认了出来。

然后，他得意洋洋地对凯特说："不要以为你不说，我就不会知道！"

"太幼稚了吧！"听完凯特的诉苦，我忍不住咋舌。

"是他把我的文章跟短信全翻一遍很幼稚，还是他跑来告诉我已经知道我前男友是谁很幼稚？"凯特反问我。

"呃，有什么差？"我不懂。

"幻想自己是侦探还是CSI那种行为，我们到现在也还会做啊！"凯特苦笑，"只不过我们会把那句'别以为你不说，我就不知道'放在心里，或者跟姊妹淘讲，而不是跑到对方面前揭开谜底，自以为可以改变一切！”

“可是那样做根本就没用吧？”我反问凯特，“难道你会因为他闹了这一出，就开始相信以后你们真的会结婚？”

“我们真的变成大人了啊。”凯特忽然感叹起来，“大人最喜欢说的话，就是‘那又没有用’。”

是啊，到底是从什么时候开始，我们在爱情里最常说的话，竟然是“那又没有用”？

明明对他和女同事的关系还是有点儿疑惑吧？但我们不问了，因为“有就是有，没有就是没有，问了也没用”。

明明对生活琐事上的摩擦还是有很多感触吧？但我们不说了，因为“明知道对方就是这样，讲了也只是吵架”。

明明对他约会还迟到的行径非常不爽，但我们还是把抱怨吞下去了，因为“时间都已经晚了，再抱怨只是耽误更多时间”……

还有好多好多生活上的大事小事，明明心里有好多腹诽，但我们都不说了。

因为吵没有用，所以我们不吵了，

因为哭没有用，所以我们不哭了，

因为说没有用、问没有用、强求没有用，所以我们不强求了，我们努力不哭不闹不强求，就是忘了努力去找那个“有用”的方法。

凯特说小男孩儿什么事都要追根究底、什么问题都得当下解决，闹得没一天平静日子过，她抗议过几次，甚至提出了分手，于是小男孩儿妥协了，说再也不与她吵架，但约定每天给彼此写一封信，讲讲心里的不满。

我忍不住问:“有用吗?”凯特笑说:“我也这么问他，他说‘如果没有用，再想别的办法’。”

在那一瞬间，我突然有点儿领悟，或许哭、闹、强求都不是好办法吧，但最起码，那让人感受到了你为这段感情努力的诚意。

如果吵没有用，那么我们应该寻求和平沟通的办法，而不是冷战。

如果哭没有用，那么我们应该寻求让对方了解我们的感受的办法，而不是假装不在乎。

人毕竟是会长大的。

也许我们是没有年轻时那么勇敢了，可是人会成长，何必明知道会头破血流，还是去撞。

也许我们是没有年轻时那么容易相信别人了，可是人会长大，盲目的信任只不过是因为没有智慧。

但，虽然我们失去了年轻时的天真，可是仍要像年轻时一样的认真。

因为爱，一直需要认真看待。

后记

我们曾经如此相爱

半夜无聊拿着遥控器瞎转，某台正在播一出港剧，我转过去的时候，是女主角的脸部大特写，紧紧抿着的嘴唇，微微颤抖的人中，眼眶里蓄着两汪晶晶亮的泪。

我实在是觉得女演员流泪的功夫，普通女人也该修练一下，究竟要怎么哭才能惹人怜爱而非惹人厌烦呢？小说里常描写女主角是“黑白分明的大眼睛里含着两滴珠泪”，简直是神人境界，不说别人，就说我自己吧，只要一哭，眼睛就马上布满血丝，像深度酒精中毒的流浪汉似的红肿混浊，噢！还有，鼻涕永远比眼泪先流下来，人中就是现成的渠道，直接流进嘴里，每次哭都要吃鼻涕，连自己都要觉得恶心起来。

离题了。总之我要说的是，人家不愧是女主角，哭起来十分美丽哀怨。可是奇怪的是，我却无论如何无法同情她，当她对男主角说“你怎么可以这样对我”时，我反射性地在心里接口“因为你活该”，当她问男主角“难道我在你心里一点地位都没有吗”，我又忍不住翻了个白眼，在心里嗤哼“可怜之人必有可恨之处”，总之我非但无法同情她一丁点儿，还莫名其妙地觉得她那张脸真是怎么看怎么讨厌。

平白无故厌恶一个女演员至此，绝对有什么蹊跷吧？

我叫不出那位女演员的名字，也确定自己没看过她演的任何一出戏，所以，也不会是她在别处出演了坏女人，导致我的“移恨作用”。半夜反正闲来无事，于是我对着节目表找出该剧的剧名，再在网络上 Google（用 Google 搜索）出该女演员的名字，就这么查来查去，居然连进了一个女生的博客。

那女生发了一篇文章，说有人说她长得像那位女明星，所以她把自己的照片与那女明星放在一起，问大家像吗？说实话，像，但又不像。大概是那种“不说不觉得，一说就觉得有点儿神似”的程度。女明星当然比她漂亮得多了，可是，她们的脸部骨架是类似的，尤其是抿嘴时嘴唇会微微歪向一边的习惯，简直一模一样。

我很刻薄地想，她们的相像程度大概就像谢金燕与猪哥亮那样吧，如果不说，别人大概也不会觉得他俩有什么关系，可当你知道了他们的父女关系，仔细比对，又会发现两人的眼耳鼻口确然十分神似。

我认得那女生，她是好久好久以前，抢过我男友的人。

“好久好久”不是夸饰，确实都过了快要十年了，如果不是半夜乱转电视导致的阴错阳差，我肯定不会再想起这件事来。看着那女生的照片，我脑袋里晃过当年的一些旧事，包括那位前男友的脸，想当初我为了他劈腿流了多少眼泪、吃了多少鼻涕，可现在，居然无论如何想不起他的名字来。

一个连名字都叫不出来的男人，我还在意他吗？答案肯定是一万个不吧。可即使是这样，我仍旧在潜意识里讨厌长相与旧时情敌相仿的女人。

如果不是夜半闲着无聊硬要找出个答案来，大概也不会发现其中的关联。如果你曾经平白无故地厌恶着某个人，明明素不相识，但看着他那张脸就觉得没有好感，那么，何不试着找找答案？也许他像你曾经的情敌、也许他像小时候欺负过你的同学、也许他像曾经暗地里捅你刀的同事……即使你绞尽脑汁仍然想不起来，但，你并没有忘记。

就像宫崎骏的动画《千与千寻》里说的，“曾经发生过的事就不会忘记，只是想不起来而已。”

以前我并不懂这句绕口令似的句子是什么意思，现在终于明白，那就像我们曾经深深爱过某一个人，即使事过境迁了，即使经过以前约会的地方也不再反射性地想起他了，但他还是存在过的，因为相爱过，所以深深地影响了彼此往后的生命。

以我们知道，或者不知道的形式。

在写这本书的时候，我时常想起某些人。

合照也许丢了，戒指也许退还给他了，甚至，我已经忘了他们的名字，可是，我所写出的每一字、每一句、每一个想法、每一份心情，都是我们曾经相爱的证据。

最后，当然还是要谢谢一些人。

谢谢我的经纪人陶子姐与小佩姐，谢谢这本书的编辑琼如，谢谢在这一路上曾经帮助过我的人，谢谢那些我曾经爱过，或爱过我的人，以及最重要的，看了这本书的你们。

谢谢！